AF414853

Der Stagecoach

Ein Western-Roman

Richard G. Hole

Weit im Westen

ZUSAMMENFASSUNG

Der Stagecoach von Missouri bestand aus vier alten
Fahrzeugen, groß, schwer, verfärbt, aber schwer
gepanzert,

Zwei Waggons machten die Hinfahrt, die anderen
beiden die Rückfahrt, die eine Woche dauerte.

Der Name der Linie war auf die Tatsache
zurückzuführen, dass die Autos während der Hälfte
ihrer Fahrt parallel zum Missouri River fuhren und
die andere Hälfte durch das Tal fuhren und den
Fluss links ließen, als sie auf die Wasserscheide
zukamen.

Der Stagecoach ist eine Geschichte aus der Far
West-Sammlung, einer Sammlung von Romanen, die
im amerikanischen Wilden Westen entwickelt
wurden.

DER STAGECOACH

KAPITEL I

EIN GESCHÄFTSMANN

Die Missouri Stagecoach, der Name, unter dem sie in der Region bekannt war, war ein Quartett alter Fahrzeuge, groß, schwer, verfärbt, aber schwer gepanzert, die die Reise von fast Zentral-Nebraska von Dunning aus antraten, um die Reise in Marsland zu beenden , bis zweihundert Meilen vom Ausgangspunkt und schon fast an der Grenze der Region, bis fünfzig Meilen nördlich von South Dakota und weitere fünfzig Meilen westlich von Wyoming.

Zwei Waggons machten die Hinfahrt, während die anderen beiden die Rückfahrt machten, die eine Woche dauerte, und der Name der Linie war darauf zurückzuführen, dass die Waggons während der Hälfte ihrer Fahrt und der anderen Hälfte parallel zum Missouri River fuhren Dann durchquerten sie das Tal und ließen den Fluss links liegen, während sie auf die Wasserscheide zugingen.

Ein Teil der Strecke schien fast unnötig, um der Bahnlinie zu folgen, die dieselbe Strecke nach Seneca verlief, aber dort führte die Bahnlinie von einem ziemlich bevölkerten Sektor weg nach unten, und Der Stagecoach machte diesen Mangel wett, indem sie Kommunikation mit der Rest des Staates zu den Städten, die in diesem Stück Tal verstreut sind.

Weiter nördlich, in einer Entfernung von etwa zwanzig Meilen, verlief ein weiterer Fluss, die Northern Lupp, parallel zum Verlauf des Missouri, aber beide starben in der Mitte der Linie und fanden keine Wasserwege mehr bis zum Erreichen der Niobrara, die genau bei kreuzte Marsland, wo Der Stagecoach starb.

Dienstags und samstags am Nachmittag durchquerte eine der beiden Stagecoachn, die in den Nordwesten fuhren, wie auf Zeit, Nirvay, und montags und freitags die, die an der Spitze der Linie abstiegen.

Nirvay, eine Stadt in der Nähe der Eisenbahn und nicht weit vom Missouri entfernt, war eine ziemlich diskrete Stadt mit einigen Backsteingebäuden wie dem Rathaus, dem Postamt und der Banco Ganadero und im Allgemeinen waren die Häuser sauber und attraktiv. seine Straßen weniger staubig als die vieler Städte in der Region und seine fleißigen und fleißigen Einwohner.

In der Stadt gab es zwei bedeutende Holzsägewerke, die ein gutes Kontingent an Arbeitern boten, mehrere gepflegte Bauernhöfe, die Käse, Butter und andere Produkte verarbeiteten, viele Geschäfte verschiedener Art und im Talteil einige bedeutende Ranches.

Die Eisenbahn und der Fluss machten Nirvay zu einer Stadt mit viel Handelsverkehr und daher genoss die Banco Ganadero ausgezeichnete Kreditwürdigkeit und einen ungewöhnlichen Geldfluss.

Die Bank wurde von Alfred Hamson mit zwei weiteren Partnern namens Smith und Ariliss gegründet, die einige Zeit den Firmennamen ausmachten, aber später gelang es Hamson, die Partnerschaft zu umgehen und die Aktien seiner Kollegen zu behalten.

Und er war der Geschäftsführer und Eigentümer, mit keiner anderen Vormundschaft als einem von ihm ernannten Vorstand unter einigen Einwohnern der Stadt, die sich zweimal im Jahr trafen, die komplizierten Abrechnungen genehmigten, die Hamson ihnen vorlegte, ohne etwas davon zu verstehen, und später trafen sie sich zum Essen mit dem firmeneigenen Direktor, verbrachten einen glücklichen und glücklichen Tag und erhielten die halbjährlichen Zulagen, die ihnen für ihre kleine Arbeit zugeteilt wurden.

Sie alle hatten großes Vertrauen zu Alfred Hamson. Bis vor zwei Jahren war er Rancher, der die Ranch an einen Nachbarn verkaufte und sich ins Privatleben zurückzog, um seine wohlverdienten Vorteile zu genießen.

Hamson suchte Zuflucht in einem schönen Landhaus, das im Tal gebaut worden war, nicht weit von der Stadt entfernt, und jeden Tag ging er pünktlich mit seinem Gig zur Bank hinunter, um sich mit den dreien um seine Verwaltung zu kümmern Mitarbeiter, die ihm zur Verfügung standen.

Er war derjenige, der alle finanziellen Probleme löste, Kredite für Land, Vieh, Ackerbau und Getreide genehmigte oder verweigerte und der persönlich die Bankenbewegung leitete, während seine Angehörigen in die bürokratischen Funktionen des Unternehmens degradiert wurden.

Aber Hamson konnte sich mit einem so langsamen Job nicht zufrieden geben. Es stimmt, dass die Bank mit ihrer Bewegung einen angemessenen Gewinn erzielen sollte, aber das Geld in den Kisten hat logischerweise nicht produziert.

Und Hamson spekulierte mit ihm, studierte die Börse, steuerte angemessene Beträge in die Woll- und Weizenmärkte ein, kaufte oder verkaufte Anteile an Eisenbahnen, Wasserfällen, Baufirmen in der Region, und dieser Beitrag diente der Erweiterung des Tals und gleichzeitig den Gewinn der Bank zu steigern, der ihm gehörte.

Vor dem Verkauf der Ranch war er Witwer mit einer einzigen Tochter als Erbe. Sylvia war ein blondes Mädchen von guter Statur, geschmeidig wie eine Palme und anmutigen Gesichtszügen.

Ihr Vater brachte sie vor drei Jahren zu einem College in Hastings, aus verschiedenen Gründen: Bequemlichkeit, Sentimentalität und der Stolz, eine

Tochter zu haben, die sich in ihrer Ausbildung von den anderen Mädchen in der Gegend abhob.

Hamson hätte dies vielleicht nicht getan und einfach die privaten Dienste des Dorflehrers engagiert, wenn ihn nicht mehrere miteinander verwobene Faktoren gezwungen hätten, sich stärker als sonst um Sylvia zu sorgen.

Als die Mutter der jungen Frau starb, war sie achtzehn Jahre alt, und obwohl sie zur Schule gegangen war, um einige vorbereitende Fächer zu lernen, neigte sie nicht zu Auslage und Verpackung. Er war auf der Ranch unter Cowboys aufgewachsen und das war ein einfaches Leben, ohne Komplikationen, das ihm fast absolute Freiheit gab, wenn er auf einem Pferd ritt und sich auf der Weide oder in der Landschaft verirrte, weit weg von jeder elterlichen Kontrolle.

Dies führte dazu, dass Sylvia nach den Kriterien ihres Vaters auf erschreckende Weise die Freundschaft zu Frank Neil pflegte, einem netten, attraktiven, widerspenstigen und vorurteilsfreien Jungen, der Teil des Ranch-Teams geworden war, weil er so war flehte Hamson, Ted Neil, den Vater des Jungen und Besitzer eines der großen Lagerhäuser in Nirvay.

Sonntags ging Sylvia zu Pferd ins Dorf, ließ ihr Pferd auf dem Platz zurück und verbrachte den Nachmittag beim Tanz, wo Frank sehnsüchtig auf sie wartete, und ohne sich um die Kommentare zu kümmern, die eine solche Freundschaft hervorrufen könnte, monopolisierten sie sich gegenseitig die ganze Zeit tanzen. den Nachmittag unaufhörlich den glücklichsten Gesprächen gewidmet. An manchen Samstagnachmittagen wartete er weit weg von der Ranch auf sie, und beide ritten zu Pferd ins Tal, gingen spazieren und hielten an, um am Fuße eines Baches und im Schatten der Bäume ein Picknick zu machen, und kehrten nicht zurück bis die Sonne in der Schlange zu versinken begann. Schlucht der fernen Berge.

Frank würde sie diskret in die Nähe der Ranch begleiten und dann in die Stadt gehen, ohne dass Hamson von dieser Freundschaft und diesen Interviews wusste.

Aber eines Tages kam jemand mit der Geschichte zu ihm und Alfred schrie in den Himmel. Er glaubte, dass zwischen den beiden nichts außer einer einfachen Freundschaft war, aber er musste verhindern, dass diese Beziehungen sofort weitere Flüge nahmen. Er hörte nicht auf zu beurteilen, ob Frank ein besserer oder schlechterer Junge war als andere, die seine Tochter verfolgten. Er berücksichtigte nur, dass sie seine Tochter war, die Tochter eines Viehzüchters, Besitzer der Banco Ganadero in der Stadt, und dass Frank nur ein Arbeiter auf seiner Ranch war, schon viel zuzugeben, der Sohn eines Lebensmittelhändlers, der eine Ware besaß speichern, aber nichts, was parallel zu seiner Abstammung und seinem Reichtum war.

Wütend tadelte er Frank dafür, dass er es gewagt hatte, seiner Tochter den Hof zu machen, feuerte ihn von der Ranch und drohte ihm mit schweren Repressalien, wenn er wieder herausfinde, dass er es mit ihr zu tun hatte; und er belehrte seine Tochter wunderschön wegen ihres kleinen Kopfes und ihrer Würde, eine Freundschaft zu pflegen, die ihrer Position unwürdig war.

Keiner von ihnen schien Alfreds Wut große Bedeutung beizumessen, und heimlich sahen sie sich ein paar Mal, aber Hamson, der seine Tochter hatte beobachten lassen, entdeckte die neuen Interviews und beschloss, sie abzubrechen. Er schickte seine Tochter auf ein College in Hastings und machte ihr klar, dass die Tochter eines Bankiers eine sorgfältige Ausbildung haben müsse; und damit nicht zufrieden, versuchte er Frank bis ans Limit zu jagen.

In seiner Position bettelte er auf eine Weise, die, mehr als ich bete, eine Drohung für alle Viehzüchter und Bauern der Umgebung darstellte, Frank die Arbeit nicht zu erleichtern, und da es für alle bequem war, auf gutem Wege zu sein Da sie seine Freundschaft und seine Geschäfte oft gebraucht hatten, wagte es niemand, ihn in ihre Güter aufzunehmen.

Frank hätte im Lagerhaus seines Vaters Zuflucht suchen können, der seine Dienste sehr brauchte, aber der Junge war nicht als Kaufmann geboren und gelangweilt, weil er keine Arbeit fand, und verzweifelt, weil Sylvia aus dem Dorf verschwunden war Tag ritt er zu Pferd, und auch er verschwand auf dem Weg nach Hastings, in der wahnsinnigen Hoffnung, Sylvia zu sehen, aber die strengen Regeln der Schule, ergänzt durch Hamsons Vorhersagen, vereitelten seinen Versuch.

Noch verzweifelter wegen dieses Scheiterns verließ er die Hauptstadt und verlor sich im Westen, entschlossen, zu vergessen und seinen eigenen Weg zu gehen.

Gerade verschwunden, ereignete sich auf Hamsons Ranch ein unklares Ereignis. Mehrere Rinder wurden vermisst, und Gerüchten zufolge, die der Bankier verbreitet hatte, hatten seine Männer Frank unter den Viehzüchtern erkannt.

Das Gerücht, die Behauptung eines der Rancharbeiter und der Einfluss von Hamson, gaben der Wahrheit Hinweise, und Frank wurde nicht nur befragt, sondern auch der Verhaftung und Verurteilung als Viehhändler ausgesetzt, wenn er in die Stadt zurückkehrte .

Monate später schrieb er aus Nevada an seinen Vater. Ted, der wegen der Anschuldigung gegen seinen Sohn eine ernsthafte Auseinandersetzung mit Hamson hatte, schrieb ihm schriftlich über die Geschehnisse und bat ihn, irgendwann nicht mehr zurückzukehren, da der Einfluss des Bankiers ihn ins Gefängnis bringen könnte.

Frank antwortete seinem Vater sehr lakonisch. Er sagte ihr in dem Brief, dass Sylvia nicht da sei, sie kein Interesse daran habe, zurückzukehren, aber wenn sie sich eines Tages dazu entschließen sollte, würde sie Hamson am Hals nehmen und ihn verdrehen, bis er gesteht, dass der Diebstahl der Vieh war eine Angelegenheit. Verleumdung.

Ted ist ausgeflippt. Er kannte seinen Sohn gut; Er schmeckte gut, fleißig und anständig, aber er schmeckte auch impulsiv und hingebungsvoll, wenn er die Kontrolle über seine Nerven verlor, und er zweifelte nicht daran, dass diese Drohung ausgeführt werden würde, ohne innezuhalten, um über die Konsequenzen nachzudenken.

Aber die Zeit verging.

Hamson fühlte sich ohne Sylvia wohl, die seine Bewegungen nicht behinderte, und beschränkte sich drei Jahre lang darauf, einige Reisen nach Hastings zu unternehmen, um seiner Tochter einen lobenden Besuch abzustatten und zu seiner Bank zurückzukehren.

Bis sie bei ihrer letzten Reise einen schrecklichen Ekel erlitt, als Sylvia ihr sagte, dass sie sich für eine Stadt wie Nirvay ziemlich gebildet betrachte und dass sie in den Ferien in die Stadt zurückkehren würde, um nicht zur Schule zurückzukehren.

Hamson musste zustimmen. Sylvia war wirklich eine vollwertige Frau und eine finanzielle Kombination ging in die Berechnungen des Bankiers ein, bei der Dennis Powell, Sohn eines wohlhabenden Ranchers, Kontoinhaber bei seiner Bank und ein Mann, der ideal für ihn sein könnte eine wichtige Rolle spielen. bestimmte große Geschäfte, die er plante.

Hamson stimmte zu. Sylvia kehrte ins Dorf zurück und alle fanden sie fremd.

Sie war ein wenig gewachsen, stilisierter und hübscher geworden, und ihr Auftreten war jetzt von einer Eleganz, die die anderen Mädchen in Nirvay beneiden ließ.

Sylvia war die erste, die von ihrer eigenen Veränderung überrascht war, denn als sie sich in ihrer Heimatstadt wiedersah, bemerkte sie, wie sich die anderen jungen Frauen im unteren Sinne von ihr abhoben und die Jungen alle ungehobelter, gewöhnlicher und weniger verdient von ihr wirkten Freundschaft. und ich versuche es.

Frank muss aus seinem Gedächtnis gelöscht worden sein, oder zumindest machte er keine Anspielung auf ihn, und seine alte Kameradschaft und Einfachheit vergessend, trennte er sich von gewöhnlichen Parteien, von vulgären Freundschaften und musste sich darauf beschränken, sich in den Sitzungen des Richters abzuwechseln , den Bürgermeister oder den Notar und nehmen an dem Tanz teil, den der Stadtrat anlässlich der Unabhängigkeitsfeier zelebriert hat,

Wenn sie an den alten Bauern ihres Vaters vorbeikam, wenn sie sie zu Pferd passierte, begrüßte sie sie hochmütig mit einer leichten Kopfbeuge und nach und nach wurde der ganze Kreis der Freundschaften und Zuneigungen, die sie bei ihrer Abreise hatte, in ihrem neuen gelöscht Leben.

Das langweilte ihn auf eine durchschlagende Weise. Ihre Ablenkungen waren ein Besuch in der Stadt, in den drei oder vier Wohnungen der auffälligsten Persönlichkeiten der Stadt, um große Ausritte zu unternehmen und an einem der verschiedenen Rodeos teilzunehmen, die im Tal veranstaltet wurden.

Hamson beobachtete diese Veränderung bei seiner Tochter mit Vergnügen und entdeckte ihren Ausdruck von Langeweile und Langeweile, und da er einschätzte, dass die Umgebung seinen Plänen förderlich war, machte er Dennis streitlustig, lud ihn mehrmals zum Essen und manchmal zu einer sonntäglichen Angelparty ein in Missouri.

Dennis war ein gutaussehender Junge, man konnte ihn nicht leugnen. Er war groß und gut gebaut, arbeitete wenig, weil sein Vater ihm nur die Hofbücher anvertraut hatte, ohne ihm zu erlauben, grobe und manuelle Funktionen darin auszuführen, und das bedeutete, dass seine Hände gut gepflegt waren, seine Haut nicht erschien von der Sonne gebräunt. und die Luft und dass er sich täglich eleganter kleiden konnte als der Rest seiner Nachbarn.

Hamson deutete Sylvia an, wie bequem eine mögliche Vereinigung für beide Familien und die junge Frau sein würde, vielleicht überzeugt von einem solchen Grund, vielleicht aus Langeweile, vielleicht aus dem Vergessen fast toter Erinnerungen in dieser Hinsicht oder möglicherweise aus familiärer Gleichgültigkeit und Gehorsam, sagte es nicht. jegliches Hindernis für eine mögliche Werbung. Und dieser kam sanftmütig und kalt an. Eines Tages machte Dennis, der auch von seinem Vater schikaniert wurde, indem er ihm das gute Spiel, das Sylvia meinte, vor Augen geführt hatte, einen Heiratsantrag und sie nahm an, eine Einladung zu einem Rodeo anzunehmen.

Die Eitelkeit des jungen Dennis war voller Akzeptanz. Von diesem Moment an galt er als der wichtigste junge Mann der Stadt und stellte die großmäuligen Söhne benachbarter Viehzüchter in den Schatten, die sich, weil ihre Eltern ein gutes Geschäft machten, als privilegierte Männer in Nirvay betrachteten.

Er nahm nicht nur das schönste Mädchen, das am besten gebildete und höchste Amt der Stadt, sondern drohte, diese Hochzeit zum wichtigsten Mann der Region zu machen, weil sein Schwiegervater früher oder später es tun würde sich aus dem aktiven Geschäftsleben zurückzuziehen, indem er ihn zum Geschäftsführer der Bank ernannte, was so viel bedeutete, als würde er alle Industriellen und Kaufleute im Umkreis von hundert Meilen in seine Hände und Füße legen.

Hamson kümmerte sich nicht um die Eitelkeit seines zukünftigen Schwiegersohns oder auch nur um seine wahnhaften Ambitionen. Seine Projekte waren grandioser und umfassten ungeahnte Grenzen, und wenn Dennis davon träumte, ihn im Amt zu ersetzen und seine allumfassende Autorität an sich zu reißen, würde er viele Jahre warten müssen; so viele, wie Hamson noch zu leben hatte.

Für ihn war die Hochzeit seiner Tochter ein Börsengang. Wenn sie zufrieden und glücklich war, um so besser, und wenn nicht ... Sie würde über das Versagen getröstet. Es gab viele Möglichkeiten, diese Angelegenheit später zu lösen, wenn sie auftrat, aber als er die großen Geschäfte durchgeführt hatte, die er plante und die ihn nicht dazu führen würden, das für ihn verabscheuungswürdige Bürgermeisteramt von Nirvay auszunutzen, aber sie würden es tun machen Sie ihn zum Abgeordneten oder Senator des Staates.

KAPITEL II

ZEHN MINUTEN VERZÖGERUNG

An diesem Samstag; Entgegen seiner Gewohnheit verbrachte Hamson den ganzen Tag dort, da er samstags nachmittags nie in sein Büro in der Bank ging. Er hatte sich in einem städtischen Wirtshaus ein bescheidenes Essen servieren lassen und war allein, ohne die Hilfe eines Angestellten, gewissen Manipulationen von großer Bedeutung für das Geschäft hingegeben worden.

Der Stagecoach von Missouri würde gegen vier Uhr ankommen, und eine Stunde später, wenn sie die Post und die wenigen Reisenden abholte, die am Samstagnachmittag die Stadt verließen, würde sie nach Nordwesten fahren und einen sperrigen Sack schicken send dass es gehandhabt hatte, ohne dass jemand in die Operation eingegriffen hatte.

Als Der Stagecoach ankam und den Sack ablieferte, hatte er alles vorbereitet, um Nirvay zu verlassen, und obwohl seine Tochter ihn gebeten hatte, ihn mitzunehmen, lehnte er rundweg ab mit der Behauptung, er würde sich heimlich um eine Angelegenheit von großer kommerzieller Bedeutung kümmern und das die Person, mit der er es zu tun hatte, wollte nicht wissen, dass sie in Verhandlungen waren, falls jemand den Grund ahnte und ihnen zuvorkam.

„Es ist etwas Großes, Sylvia", versicherte er, „etwas, das meine und deine Position abrunden wird. An dem Tag, an dem die Menschen im Tal und sogar darüber hinaus es wissen, werden sie nicht nur erstaunt sein, sondern auch einige … sich die Haare ausreißen, wenn sie sehen, dass ich, bescheidener als sie, ihnen ein riesiges Geschäft abgenommen habe.

Und ohne noch mehr hinzufügen zu wollen, empfahl er seiner Tochter wärmstens, einen schönen Sonntag mit Dennis zu verbringen und ging zur Bank, wo sie bis kurz vor vier Uhr blieb.

Zu dieser Stunde hatte er einen voluminösen Sack dicken Leders in Auftrag gegeben, der einiges wog. Es war mit einem starken Draht zugebunden, die Enden mit einer zerquetschten Leine als Siegel gesichert, und dann diente ein riesiges Wachssiegel mit seinen ineinandergreifenden Initialen als doppelte Garantie dafür, dass es nicht ungestraft geöffnet werden konnte.

Er hinterließ es in seinem verschlossenen Büro und ging über den Platz zur Casa de Postas, die wiederum ein Postamt war.

Der Häuptling grüßte ihn sklavisch, und Hamson winkte ihm zu und flüsterte ihm ins Ohr:

„Ich muss mit Ihnen sprechen, Mr. Caster.

Letzterer bot ihm sein Amt an, und nun, zu zweit, fragte der Bankier:

„Ist der Vorarbeiter der Stagecoach, die in wenigen Minuten eintrifft, vertrauenswürdig?

„Sehr gut, Mr. Hamson. Es geht um den alten Jasper. Er macht die Tour seit sieben Jahren und es gab nie die geringste Beschwerde über ihn. Kennst du ihn nicht?

„Vom Anblick her, aber ich habe keine Berichte, und ich bin mit den Berichten, die Sie liefern, zufrieden. Glaubst du, man kann dir alles anvertrauen?

„Ohne jegliche Angst.

"Nun. Ich muss eine riskante Sendung machen und es gibt keine andere Lösung, als ihm zu vertrauen. Ein Ledersack mit fünfzigtausend Dollar muss heute hier raus. Es ist eine Überweisung, die ich an die Marsland Livestock Bank machen muss, Diesen Betrag hat die Bank im Vertrauen auf meine Zahlungsfähigkeit auf meine Befehle hin an einige Viehzüchter dort gezahlt und ich habe feierlich versprochen, dass das Geld hier in der heutigen Stagecoach herauskommt. Wenn dies nicht der Fall wäre, wäre meine Kreditwürdigkeit gefährdet und Sie werden dafür verantwortlich sein, was dies für ein Bankgeschäft von meiner Bedeutung bedeutet.

„Natürlich habe ich das Sagen", sagte der Chef, „aber ich denke, es gibt keine Einwände gegen seinen Weggang. Ich werde mit Jasper sprechen und ihm die Bedeutung des Inhalts mitteilen, ohne ihm eine Zahl zu nennen Es ist nicht umsonst, aber die Empfehlung, dass der Inhalt wertvoll ist, reicht aus.

"Sehr gut. Ich muss mich ihm anvertrauen, aber ich möchte nicht, dass dies über die Maßen hinausgeht. Der Ort ist nicht gefährlich, es gab hier nur wenige Fälle von Raubüberfällen, aber die Schlange ist lang, es gibt günstige Orte und ich bin nicht ruhig Ich vermute, dass es auf der Bühne einen geeigneten Platz geben wird, um den Sack gut sichtbar zu verstecken.

„Ja. Jaspers Sitz ist hohl. Der Deckel wird angehoben und drinnen, darunter, wird er versteckt.

„Großartig… Nun… die Frage der Reisenden. Gehen viele auf die Bühne?

"Heute nicht. Wie Sie wissen, ist es samstags und sonntags sehr lebhaft und die Leute kommen, anstatt hierher zu gehen. Ich habe nur drei Tickets verschickt. Eine ältere Frau wird gehen, die in den Rita Park geht, um eine Nichte zu treffen, die bekommt … verheiratet, die Tochter eines Bauern aus dem Tal, die aussteigen wird, bevor sie die erste Stadt in der Nähe des Hofes erreicht, wo sie arbeitet, und eine junge Frau, die nach Seneca fährt.

„Schade, dass nicht auch ein Cowboy unterwegs ist. Ein Mann mit einem Revolver am Gürtel ist ein Garant, wenn unterwegs etwas passiert.

„Was wird passieren, Mr. Hamson? „Ich weiß es nicht, aber Sie werden verstehen, dass Sie sich nicht wohl fühlen, wenn Sie einem solchen Betrag wahllos vertrauen müssen, bis Sie ihn am Zielort kennen. Ist Ihnen klar, was ein solcher Schlag für mich und alle meine Kunden bedeuten würde? Es lässt meine Haare zu Berge stehen, wenn ich daran denke.

"Ich verstehe.

„Wenn es wenigstens eine Eisenbahn nach Marsland gäbe, würde ich mich wohler fühlen. Ein Zug wird nicht so leicht ausgeraubt und der Postwagen ist sicherer. Es wird von bewaffneten Männern gepflegt, die es durch Erschießen zu verteidigen wissen; aber eine Stagecoach ist viel schlimmer ... Andererseits habe ich nicht einmal den Trost, persönlich gehen zu können, um die Tasche zu bewachen. Nicht, dass ich einen Helden erschaffe.

„Ich habe schon lange nicht mehr mit einem Hengstfohlen in der Hand trainiert und meine Jahre haben mir den Puls verdorben. Der Stift hat die Waffen besiegt, aber ich halte mich immer noch für Verhaftungen, um das zu verteidigen, was mir anvertraut ist, bis ich mit einem Revolver in der Hand sterbe.

«Ich hätte es getan, wenn die Sendung nicht so dringend gewesen wäre, aber zwischen Hin- und Rückfahrt liegen acht Reisetage, acht Tage, an denen ich die Bank nicht verlassen kann und andererseits, sobald ich die Tasche abliefere, muss ich gehen, um ein wichtiges Interview mit einem bestimmten Charakter zu feiern.

«Etwas Großes, Mr. Caster! Etwas, das, wenn das Ergebnis bekannt ist, das ganze Tal vor Aufregung und Freude erzittern wird! So bin ich, mein Freund, ich arbeite für mich und für den Ort und eines Tages werden meine Nachbarn genau erkennen, welche Opfer ich für die Stadt und für das ganze Tal bringe. Ich bin kein Egoist, erkenne die vielen Bedürfnisse der Region und möchte allen ein Vater sein. Wenn sie es früher oder später anerkennen wollen, schön, und wenn nicht ... werde ich mich verletzt zurückziehen, aber mit der Genugtuung, einer Bürgerpflicht nachgekommen zu sein.

"Oh sicher!" antwortete der Chef. Du hast viel für alle getan. Die Gründung der Bank war ein Erfolg. Sie müssen kein Geld mit Exposition zu Hause aufbewahren oder es mit Exposition nach draußen schicken. Auf der anderen Seite hilfst du Menschen in Not, du leihst ihnen Geld für Vieh, Wolle, Getreide, Land ... natürlich mit deinen Interessen, aber was ist mit dem Gefallen, den du ihnen damit tust?

„Ich möchte, dass Sie das erkennen. Natürlich berechne ich Zinsen, und einige hohe, und verlange solide Garantien, und manchmal war ich sogar gezwungen, Rücknahmen durchzuführen, aber mein Freund, ich tue es mit großem Schmerz, denn dieses Geld gehört mir nicht, es gehört Ihnen, denen es auf meiner Bank hinterlegt ist, mit meiner Garantie eines ehrlichen Mannes. Wenn nicht, wie könnte ich es garantieren und die Kaution mit bescheidenen Zinsen verzinsen? Das ist klar, auch wenn die Betroffenen es nicht verstehen.

Plötzlich unterbrach er sein Spiel und sah auf seine Uhr, was eine ungeduldige Bewegung auslöste:

"Teufel!" Er murmelte. Viertel nach vier und Der Stagecoach kommt nicht! Dies ist ein weiterer Rückschlag. Es kommt immer eher im Voraus an und heute, wo ich die Minuten bewertet habe, ist es verspätet. Ist Pech!

»Es kann nicht mehr lange dauern, Mr. Hamson. Es ist nur eine Viertelstunde Verspätung ... Jede Panne ...

„Aber es ist schade, Freund Caster, ich muss sofort hier raus ...

Er verließ das Büro und ging auf den Platz hinaus. Rechts war der staubige Weg der Straße frei von allen Fahrzeugen.

Hamson schritt mit auf dem Rücken verschränkten Händen durch die Tür des Postamtes, schritt und starrte unaufhörlich auf die Straße, bis schließlich in der Ferne eine Staubwolke aufstieg.

„Das muss es sein", murmelte er. Er ist vierzig Minuten zu spät.

Schließlich tauchte das Fahrzeug inmitten des Staubs auf, der die schwere Kutsche verwischte, und das Klingeln der Glocken, das Argentinien vibrierte. Die staubigen und verschwitzten Pferde näherten sich dem Postamt und hielten davor an, ohne dass jemand sie dazu zwingen musste.

Der Bürgermeister, ein fünfundfünfzigjähriger Mann mit widerspenstigen grauen Haaren, der unter der Hutkrempe entkam, sprang schwer und öffnete den sieben Reisenden, die er trug, die Tür zum Aussteigen. Dort zahlten sie eine Reise, und diejenigen, die weitergingen, mussten in die Stadt hinauf.

Hamson trat auf ihn zu und sagte mit leiser Stimme:

„Hör zu, Jasper. Der Boss wird dir einen Auftrag von mir anvertrauen, der an die Bank von Marsland geliefert wird. um mehr Interesse daran zu zeigen.

Und gab ihm eine Fünf-Dollar-Münze.

Dann verabschiedete er sich vom Büroleiter und ging zur Bank, um die Tasche abzuholen, die er Jasper überreichte.

Der Stagecoach musste eine Stunde lang in der Stadt festgehalten werden. Sie mussten die Einstellung gegen eine andere Limonade austauschen, sich um die Post kümmern und die Tüten von derjenigen abgeben, die ins Innere ging, und der Bürgermeister musste sich durch ein Mittagessen stärken, was ihm bisher nicht gelungen war der Weg.

Um halb fünf wurde der Befehl zum Aufbruch gegeben. Die drei Reisenden, die im Zimmer der Casa de Postas warteten, stiegen in den Wagen, und der Bürgermeister versteckte den schweren Ledersack in seinem Sitz, packte die Zügel und knallte die Peitsche.

Die vier temperamentvollen Pferde zogen kraftvoll ab und verließen inmitten neuer Staubwolken den Platz, um den Pfad zwischen der Bahnlinie und dem Fluss zu säumen.

Jasper hatte vor, Seneca gegen acht Uhr nachts zu erreichen. Die Straße konnte aufgrund von Unfällen, die die gerade Linie durchschnitten, auf elf Meilen berechnet werden, aber sie verfügte über vier leistungsstarke Halterungen, die sie in zweieinhalb Stunden zurücklegten.

Der Stagecoach rollte rasend schnell durch ein trockenes und unbebautes Gelände, das eher wie Sand als Erde anmutete und an manchen Stellen zwangen die Schlaglöcher das Fahrzeug so beängstigend ins Schleudern, dass die Reisenden Angstschreie auslösten, wenn sie befürchteten, dass einer von ihnen umkippen könnte .

Jasper, die tote Pfeife zwischen den Zähnen und die Zügel fest in der schwieligen linken Hand, führte den feurigen Schuss mit großer Zuversicht und grübelte zwischen den Zähnen:

"Fünf Dollar! Ich habe diese Bankierkröte noch nie so unhöflich gesehen, dass sie nicht guten Morgen sagt, wenn sie dafür keine Zinsen verlangt. Was wirst du hier in diesem Sack schicken, der dich so beunruhigt? Ich würde meine Position verwetten Der Stagecoach, dass es Geld in Quantität ist. Wenn ich kein ehrlicher Mann wäre, wie ich es bin, hätte er es verdient, dass ich, anstatt ihn nach Marsland zu bringen, die Reise nach Cross fortsetzen sollte, insgesamt fünfzig Kilometer Reise und mich in den Bergen verirren von Black Hílls in Dakota.

„Ich weiß nicht, was die Tasche enthalten wird, aber ich bin sicher, dass ich in den wenigen Jahren, die ich noch zu leben habe, mehr verdienen kann, indem ich Besorgungen mache. Es wäre ein Schlag für diesen alten Geizhals, der es aus seiner Tasche bezahlen müsste. Zum Glück für ihn, dass ich Jasper bin und fünfundfünfzig Jahre ehrenhaftes Leben nicht für eine Handvoll Dollar in den Fluss geworfen werden, auch wenn es viel ist.

Plötzlich zog er die Zügel an seine Brust, um den Schwung der feurigen Pferde einzudämmen. Sie hatten fünf Kilometer hinter sich gelassen, und nun musste er einen holprigen und gewundenen Pfad voller Schlaglöcher und Unebenheiten überqueren, der durch Unterholz, Lichtungen und einige Ansammlungen verdrehter und uralter Bäume schnitt.

Er ging den Pfad hinunter, schwindelig taumelnd und begann, sich durch die Kurven und Wendungen des schmalen Pfades zu winden, bis er eine Kurve erreichte, die am Ausgang heftig bergab ging und eine halbe Meile später wieder auf die Ebene kam.

Er bog gerade um die Ecke, als eine Detonation trocken über dem scharfen Klingeln der Glocken vibrierte. Jasper legte seine Hände an die Brust, warf einen schrecklichen Eid halb ab und versuchte, das Gewehr zu ergreifen, das er auf der rechten Seite des Sitzes hatte, aber ohne die Kraft dazu beugte er sich nach vorne und fiel auf die Hinterteile des Hecks schoss, dass er verängstigt versuchte, den von Panik angegriffenen Galopp fortzusetzen.

Aber zwei neue Detonationen, die sich mit den hysterischen Schreien der Reisenden vermischten, vibrierten wieder.

Eines der Pferde, das ins Genick getroffen wurde, wieherte ängstlich und hob die Hände, um das Fahrzeug halb anzuheben, und sein Gefährte, der in das vordere rechte Ruder getroffen wurde, geriet beim Versuch, vorzurücken, ins Stocken und stürzte zu Boden, den Verwundeten mitschleppend.

Sie traten und wieherten in einem wirren Haufen, während die beiden führenden Pferde erfolglos versuchten, dem Weg zu folgen. Nicht nur das Gewicht der Stagecoach, sondern auch das Eigengewicht ihrer beiden Gefährten am Boden machte sie bewegungsunfähig und machte ihre Bemühungen unfruchtbar.

Der Stagecoach strandete fast auf einem kleinen Abhang, der den Weg bildete; und plötzlich fiel mit einem elastischen Sprung eine Gestalt von einem der Bäume in der Nähe des Wagens und rückte mit zwei riesigen Revolvern auf die Bühne zu.

Die drei erschrockenen Reisenden fielen mit vor Entsetzen weit aufgerissenen Augen und in einem angstvollen Flehen gefalteten Händen auf ihre Plätze zurück, während der Räuber drohend mit seinen Waffen vorrückte.

Der Nachmittag verging in einer süßen bläulichen Düsternis, und in seinem unentschlossenen Licht konnten die verängstigten Reisenden nur an ihrem Angreifer erkennen, dass er ein ziemlich massiger Mann war, gekleidet in eine dunkle Lederjacke, eine blaue Hose in hohen Reitstiefeln. Um seinen Hals trug er einen roten, geknoteten Schal. Auf dem Gesicht ein anderes, das ihn von der Nase abwärts bedeckte, und auf den Augen die heruntergefallenen Flügel eines alten Hutes, der kein besonderes Detail von ihm erkennen ließ.

Außerdem schienen seine Hände, die kräftig gewesen sein müssen, in alte Jeanshandschuhe gehüllt zu sein, die seinen halben Unterarm bedeckten.

Der Räuber näherte sich dem halb liegenden Fahrzeug und befahl beim Öffnen der Tür mit heiserer Stimme:

„Runter! Fürchte dich nicht um dein Leben.

Die drei Frauen stiegen zitternd aus dem Wagen, und der Räuber öffnete hastig ihr Gepäck und durchsuchte es, ohne etwas Wertvolles darin zu finden.

Mit grunzenden Flüchen drehte er sich um und kletterte in die Kiste. Livid Jasper, von den Pferden sechs Meter zurück geschleudert worden, wo er in einer

Blutlache geduckt verblieb, und der Gesetzlose stieg nach oben auf, wo nur die Postsäcke hingen.

Er riss den Wertpapierkasten auf, holte einige Briefpakete heraus, die er in seinen großen Taschen verstaute, und kramte dann in der Sitzbank herum, bis er sie, als er den Deckel bewegte, anhob.

Er steckte den Arm in den Ledersack, den er hochhob, wog ihn ab, und als er keine Wertsachen mehr fand, sank er wieder zu Boden.

Er wandte sich an die Bestellerinnen:

"Aufkommen!

Sie gehorchten, und als sie drinnen waren, ging der Gesetzlose zu einer Delle in der Böschung und holte daraus ein hübsch aussehendes schwarzes Pferd, an dessen Sattel ein großer Reisesack hing.

Er steckte den Ledersack hinein, bestieg sein Pferd und warf sich ungestüm den abschüssigen Pfad hinab, bis er einen Pfad hinunterwanderte, der von der Böschung führte und vor den großen Augen der Reisenden verschwand.

Auf der anderen Seite der weiten Ebene zwischen dem Fluss und der Bahnlinie, die nach Nirvay führte, ritt ein Reiter im Gold der untergehenden Sonne, aufrecht im Sattel stehend, den Blick auf die Ebene gerichtet.

Er war ein junger Mann von guter Statur, biegsam in den Hüften, breit in der Brust und gebräunt im Gesicht, der die Anstrengung eines langen Spaziergangs in seinen Kleidern spürte, dem Staub nach zu urteilen, den er darin gespeichert hatte.

Der Reisende war ungefähr dreiundzwanzig Jahre alt, schnell in seinen Augen, mitfühlend im Gesicht, hart im Fleisch und anscheinend ein Mann, der sich daran gewöhnt hatte, Stunden und Stunden auf dem Stuhl zu verbringen, ohne müde zu werden.

Er trug das typische Cowboy-Outfit und auf dem Sattel schwankte ein prächtiger Winchester, während er in der Taille ein beeindruckendes Hengstfohlen von 45 trug.

Ungeduldig, bald in die Stadt zu kommen, streichelte er sanft die Flanken seines Pferdes und murmelte:

Komm schon, Nevada, beeil dich ein bisschen. Spätestens in anderthalb Stunden haben Sie die Gelegenheit, eine wohlverdiente Pause einzulegen. Nirvay ist nicht mehr weit und dort erwartet Sie ein guter Schuppen und gutes Futter, um sich von dieser langen Reise zu erholen.

Das Pferd schien ihn zu verstehen, denn er beschleunigte seinen Trab, und kurz darauf gelang es dem Reiter, die Merkmale des Geländes zu erkennen, das den Weg zum Dorf bildete.

Plötzlich versteifte er sich. Es war ihm vorgekommen, das Summen einiger Detonationen in der Ferne mitzubekommen, und sah unbehaglich überall hin, ohne etwas Auffälliges zu entdecken, aber dieses Gefühl war sicher, dass es keine Täuschung seiner Sinne, sondern eine greifbare Realität gewesen war.

Er war zu sehr daran gewöhnt, das Gebrüll von Waffen aufzunehmen, um verwirrt zu sein und nicht anzugeben, wann ein Revolver wirklich donnerte, oder ein ähnliches Geräusch konnte in diesem Sinne Verwirrung stiften.

Ruhelos murmelte er:

„Ray! Nicht weit von hier hat jemand geschossen. Ich würde schwören, es war auf der Lichtung. Ich muss mich vergewissern.

Und er verstärkte den Trab des Pferdes noch mehr und ging schnell auf den Kiefernpfad zu.

Als er schließlich den Durchschnitt erreichte, leistete er einen Eid und seine Augen blitzten vor Wut. Er hatte gerade entdeckt, dass die Kutsche halb am Hang lehnte, die Pferde in eine Blutlache gefallen waren, während diejenigen, die dem Angriff unversehrt entkommen waren, mit den Beinen zwischen dem Geschirr eingeklemmt und nervös wieherten und sich gleich dahinter über die harte Erde beugten , drei verängstigte Frauen, die neben einem reglos am Boden liegenden Bündel mit tragischen Gesten stöhnten.

Der junge Mann warf das Pferd fast über sie, zwang sie, erschrocken zu rennen, schrie immer wie gejagte Ratten und erkannte, dass das Bündel ein menschlicher Körper war, und brüllte:

„Sei still, tausend Strahlen, fürchte dich nicht, dass ich kein Gesetzloser bin! Was zum Teufel ist hier passiert?

Die vollständigste der drei, die Bauerntochter, die eine Meile später aussteigen musste, kam stammelnd vor:

„Oh Galopp, Sir, er ist gerade dort drüben verschwunden, ich könnte ihn noch einholen!

"WHO?" Fragte der Reisende verwirrt.

"Der Räuber. Vor nicht einmal zehn Minuten ist er auf dieser Spur verschwunden. Reite auf einem schwarzen Pferd. Er hat den Bürgermeister getötet, unser Gepäck und Der Stagecoach durchsucht und einen Sack genommen, den er von dort genommen hat ... vom Sitz ... Galopp für alle Heiligen, und Sie können ihn einholen!

Der Reisende brüllte, ohne auf weitere Bitten zu warten:

„Warte! Ich werde zurückkehren, um danach zu suchen.

Und seine Sporen an die Flanken des Pferdes drückend, drängte er ihn weiter:

Komm schon, Nevada, lass nicht sagen, dass du einen vierbeinigen schwarzen Teufel wie dich, der dir nur zehn Minuten voraus ist, nicht einholen kannst.

Das Pferd, als ob es in der empfindlichsten Faser seines Stolzes verwundet worden wäre, fuhr wie ein Ausatmen zusammen und überquerte in wenigen Minuten ein feindliches Gelände, das seiner mutigen Geschwindigkeit nicht förderlich war, überquerte die Böschung und ging auf die Ebene in Richtung des Flusses. etwa vier Meilen entfernt.

"Nevada", in einer geraden Linie, als ob sie ein wichtiges Rennen bestreiten würde, verschlang in einem fantastischen Galopp ein paar Meilen. Hinter ihm löschte eine Staubwolke seinen Schritt, während der Reiter mit zusammengebissenen Zähnen, das energische Kinn ein wenig vorgestreckt und den Blick auf die Ebene gerichtet, wütend den Lauf seines Gewehrs umklammerte, um einen beweglichen Punkt zu entdecken, an dem... schießen.

Als er sich dem Fluss näherte, konnte er es in der feuchten, dreckbeladenen Luft spüren, die ihm bei dem wahnsinnigen Lauf ins Gesicht schlug, und er fürchtete, dass es unmöglich sein würde, den Gesetzlosen nicht einzuholen, bevor er den Missouri überquerte ihn zu lokalisieren, erstens wegen der immer stärker werdenden Dunkelheit, und zweitens, weil das andere Ufer mit Büschen und Bäumen bedeckt war, um die Verfolgten zu verbergen.

Eine halbe Meile später entdeckten seine scharfen Augen endlich den Flüchtling. Es galoppierte fast so schnell wie er und mit einer Anstrengung von anderthalb Meilen würde es den Fluss erreichen und ihn überlisten.

Der junge Mann forderte sein Pferd zu maximaler Anstrengung auf, packte das Gewehr am Kolben und bereitete sich darauf vor, zu schießen, sobald der Gesetzlose in Reichweite war.

Letzterer muss die Verfolgung bemerkt haben, denn sie schien die Geschwindigkeit seines Trabs zu erhöhen und zwischen ihnen entwickelte sich ein Kampf, den nur das leichteste und widerstandsfähigste Pferd der beiden entscheiden konnte.

Aber das Limit des Rennens war sehr kurz. Der Fluss war dem Flüchtigen eine großartige Hilfe und dem Verfolger ein schrecklicher Feind. Beide müssen es gewusst haben, denn sie kämpften beide darum, das verrückte kurze Rennen zu gewinnen.

Aber "Nevada" wirkte leichter, denn sein Reiter brüllte vor Freude, als er zusah, wie er Abstand gewann. Bald würde sie ihn in Reichweite ihres Gewehrs haben und mit ihrem genauen Ziel auf ihn schießen.

Und schließlich gefeuert. Der Rauch des Schusses verbarg den Reiter für einen Moment und als er ihn wieder entdeckte, stellte er fest, dass er verfehlt hatte. Die

Beweglichkeit der beiden war groß und die Entfernung sowie die Düsternis zu groß.

Aber er bekam die Antwort. Eine Kugel zischte an ihm vorbei und warnte, dass sein Feind auch mit einer Waffe umzugehen wusste.

Dies entfachte die Wut des Reisenden. Er hatte keine Angst vor wütenden Menschen; im Gegenteil, es wuchs, wenn es mit großen Feinden zu tun hatte.

Der Fluss war schon in Sicht. Das leicht bewölkte Band des Missouri glänzte im schwindenden Licht des Nachmittags wie ein breites Stahlblech, und der junge Mann feuerte erneut ohne Erfolg.

Das Pferd des Flüchtigen sprang ins Wasser, ließ beim Fallen einen Wirbel aus schwarzem Schaum entstehen und schwamm eifrig dem gegenüberliegenden Ufer zu, während der junge Mann, sein Reittier stupsend, es zum Fluss warf, um hinter sich zu kreuzen.

Aber im Schwung und als er fast am Ufer war, trat "Nevada" falsch auf ein verborgenes Loch und schlug mit gebeugten Händen seine Nase auf den Boden und warf seinen Reiter an den Ohren. Es rollte wie ein Ball und stand wütend auf, versuchte wieder auf die Beine zu kommen, um seine Beute nicht entkommen zu lassen, als es fast in Reichweite war.

Doch mit tiefer Verzweiflung stellte er fest, dass sich sein Reittier beim Fallen am Bein verletzt hatte. Blut tropfte von ihr und er wagte nicht, sie auf den Boden zu legen, vielleicht weil die Schmerzen ihn daran hinderten.

Wütend verließ er sein Pferd und rannte zum Flussufer. Der Gesetzlose hatte ihn überquert und sein Pferd drängte darauf, zum gegenüberliegenden Ufer zu gehen.

Er hob den Revolver und feuerte. Es war die letzte Chance, die sie hatte, ihn aufzuhalten.

Diesmal war das Projektil genauer und sollte die Flucht des Gesetzlosen für immer stoppen; aber wegen einer seltsamen Bewegung, die das Pferd machte, um seine Vorderbeine am Ufer zu sichern, blieb das Projektil beim Beugen der Hände im Sattel stecken, unter dem Rücken des Flüchtigen.

Durch einen seltenen Zufall, als die Kugel einschlug, muss sie den Riemen der Reisetasche, die am Leder hing, durchtrennt haben, denn der junge Mann beobachtete genau, wie die Tasche sich entleerte und sich neben dem Ufer im Wasser vergrub und sich a breiter Whirlpool am Rand. sinken. Als er erneut schoss, hatte das Pferd an Boden gewonnen und verlor sich zwischen den Bäumen, suchte Zuflucht in ihnen und auf dem erhöhten Ufer, das ihn schützte.

Der junge Reisende gab die Verfolgung hoffnungslos auf. Als sein Pferd im Stich gelassen hatte, hatte er jede Möglichkeit dazu verloren und wenn die Verfolgung ernsthaft organisiert werden wollte, würde Gott wissen, wo sich der Räuber bereits verstecken würde.

Besorgt kehrte er zu seinem Pferd zurück. Das Tier wieherte vor Schmerzen und der junge Mann untersuchte ängstlich sein verletztes Bein, stellte aber bald fest, dass kein Knochenbruch vorlag. Er hatte einen schmerzhaften Kratzer erlitten, der ihn zu Blutungen zwang und vielleicht einen Schlag, der ihm ernsthafte Schmerzen bereitete, aber mit einer guten Erholung und einigen Arnikabehandlungen würde er wieder neu sein.

Und er nahm ihn am Zaumzeug, wagte es nicht, ihn zu besteigen, um seine Lage nicht zu verschlimmern, und kehrte zum Schauplatz der Tragödie zurück, geduldig den Weg gehend, der ihn von der Stagecoach trennte.

KAPITEL III

EINE KLEINE BEGEGNUNG

Als er den Weg wieder erreichte, war die Nacht ganz geschlossen und die drei verängstigten Reisenden voller Panik, nicht nur wegen des Schocks, den sie erlitten hatten, sondern weil sie allein im Dunkeln neben der Leiche des Bürgermeisters standen, sehnten sie sich nach seine Rückkehr.

Als sie sahen, wie der junge Mann mit dem Pferd am Zaumzeug auftauchte und blutete, steigerte sich ihre Angst und eine stammelnde Frage:

„Bist du… auch… verletzt?

„Nein, zum Glück nicht, aber mein Pferd ist es. Er hatte das Pech, zu stolpern, als dieser Bandit in Reichweite war, und das hinderte mich daran, ihn zu erreichen. Er überquerte den Missouri und verschwand zwischen den Unfällen am anderen Ufer ... Schade!

Als Reaktion fügte er hinzu:

"Nun. Sie können nicht hier bleiben. Ich kann nicht ins Dorf gehen, um um Hilfe zu bitten, weil mein Pferd mich nicht im Sattel halten konnte, also werde ich sehen, wie ich die beiden nützlichen Pferde einsetzen kann und Ich werde Der Stagecoach nach Nirvay führen, das ist der einzige Weg.

Einer der Reisenden deutete auf eine Beobachtung hin.

„Sie scheinen diese Seite der Region zu kennen.

"Ein bisschen", antwortete der junge Mann und lächelte im Dunkeln. Es könnte eine Überraschung sein, zu sehen, wie ich diesen Hulk führe.

Er zog ein Messer heraus und schnitt das Geschirr am Heckschuss durch, um die beiden nützlichen Pferde zu befreien. Dann brachte er die Kutsche wieder zum Stehen, hakte sie in der Position der beiden Gefallenen ein und ließ die Kutsche fahrbereit zurück. Alles fertig, zwang er die Reisenden, in die Kutsche einzusteigen. Er konnte sich nicht verpflichten, nach Seneca weiterzufahren, das siebzehn Meilen entfernt war, aber er konnte zurückgehen und sie nach Nirvay zurückbringen, bis sie dort den Dienst neu organisierten und einen neuen Fahrer suchten.

Was den Leichnam des unglücklichen Fahrers betrifft, so hat er ihn unter großen Anstrengungen über die Spitze gehievt, um die besorgten Frauen davor zu bewahren, in Begleitung des Toten reisen und sein Pferd hinten an der Kutsche festbinden zu müssen. nahm die Zügel und nahm die Dorfstraße in mäßigem Tempo wieder auf, um seinem eigenen Pferd keinen Schaden zuzufügen.

Es war nach neun Uhr nachts, als er die Lichter der Stadt sah, und eine heftige Emotion überkam ihn, als er sie sah. Er hatte lange von seiner Ankunft auf Nirvay geträumt, aber er hätte sich nie träumen lassen, dass sein Eintritt so dramatisch und spektakulär sein würde.

Das unerwartete Klingeln der Glocken, das vom Platz aus zu hören war, als sie den staubigen Weg entlanggingen, verursachte eine tiefe Sensation. In dieser Nacht wurde keine Stagecoach erwartet, und vom Chef der Casa de Postas bis zum letzten Nachbarn, der den Platz passierte, rannten sie neugierig auf die Straße.

Bis jemand, der die Kutsche erkannte, bestürzt schrie:

„Es ist Jaspers Stagecoach, die zurückkommt… und er fährt sie nicht!

Ein dichter Haufen Schaulustiger stürzte sich auf die Kutsche, als sie vor der Ersatzstation hielt und Caster, der Leiter des Dienstes, trat voller tiefer Besorgnis hervor, um sich nach dem Grund für diese ungewöhnliche Rückkehr zu erkundigen.

Das Licht der beiden Lampen, die über der Bürotür hingen, spiegelte sich auf dem dunklen Gesicht des jungen Mannes, der das Fahrzeug führte, und Caster riss die Augen auf und rief:

„Frank Neil!

Dieser stieg mit einem eleganten Sprung zu Boden und kam auf ihn zu und rief aus:

„In der Tat, Mr. Caster, ich bin Frank. Ich sehe, dass ich trotz meiner langen Abwesenheit immer noch in dieser Stadt bekannt bin.

Der Häuptling dämpfte nach dem ersten Moment der Überraschung die Überschwänglichkeit, die er in den Ausruf gelegt hatte, und antwortete kalt:

„Tatsächlich sind Sie immer noch bekannt und die Leute haben Sie nicht vergessen. Was ich nicht verstehe, ist, wie du mit dieser Stagecoach zurückkehrst, in der du nichts verloren hast.

„Stimmt, ich hatte nichts dabei verloren, weil ich zu Pferd kam, da sieht man meine halb lahm hinten, aber wenn ein Mann auf einer Straße auf eine überfallene Bühne trifft, mit zwei toten Pferden, auch der Bürgermeister" tot und drei unglückliche, in Panik geratene Frauen, das Mindeste, was Sie tun müssen, ist ihnen zu helfen. Ich habe es für sie getan, Mr. Caster, und nicht für die Missouri Company.

Caster, der die Farbe gewechselt hatte, als er ihn hörte, brüllte:

Was sagst du, Frank? Dass die Bühne ausgeraubt wurde und dass Jasper…?

„Da drinnen hast du die Reisenden, die dir so viele Details geben können, wie du willst, und was Jasper betrifft, seine Leiche kann von oben dort abgeholt werden, wo ich sie hingelegt habe.

Dann, nach oben zeigend, fügte er hinzu:

„Du wirst auch eine zerrissene Tasche finden. Der Räuber scheint eine gründliche Suche durchgeführt zu haben.

Caster wurde bleich, stürzte sich auf die Kiste und hob mit zitternder Hand den Sitzbezug an, um den leeren Innenraum freizugeben. Erschrocken stieg er hinab und stammelte:

„Gott Gottes! Sie haben die Ledertasche genommen!

"Was bekommt er?" Fragte Frank fasziniert.

»Eine, die Mr. Hamson nach Marsland geschickt hat. Ich weiß nicht genau, wie viel Geld es enthielt, aber ich schätze, es waren mindestens fünfzigtausend Dollar!

Die Neugierigen hoben entsetzt die Hände an den Kopf. Das war eine zu ernste Sache, um nicht verschoben zu werden. Es waren nur sehr wenige kriminelle Handlungen, die in der Stadt begangen worden waren, aber dieser war viele Schläge wert, die in langer Zeit gegeben werden konnten.

Seit ein anderes Mal, als es auch einen mysteriösen Überfall auf die Bank gab, bei dem zwanzigtausend Dollar an Rechnungen für die Bezahlung der Bahnarbeiter verschwanden, waren ähnliche Ereignisse nicht mehr vorgekommen und die Leute lösten sich erschrocken von der Stagecoach Kreise, in denen das Ereignis diskutiert wurde und die sich bald darauf durch die Stadt ausbreiteten, um die Nachricht in alle Ecken der Stadt zu verbreiten.

Frank war damit beschäftigt, den Reisenden beim Abstieg zu helfen, begleitete sie in den Warteraum des Postamtes, wo er auf Casters Beschluss warten musste, und er kreiste, rückgängig gemacht, wütend, ohne etwas unternehmen zu können, um das Fahrzeug. , streichelte sein Haar und redete mit sich selbst.

Frank stoppte ihn und rief:

„Was zum Teufel machst du da stehend? Warum kümmerst du dich nicht um diese drei armen Frauen und die Leiche des Bürgermeisters? Bist du dumm?

Caster versuchte sich zu sammeln und murmelte:

„Ja, ja… es ist wahr… ich muss… aber… zum Teufel!… Ist dir der Ernst des Falles bewusst? Fünfzigtausend Dollar von Banco Ganadero …

„Was zum Teufel geht mich das an? Wie hoch ist dieser Betrag für den gemeinen und selbstsüchtigen Mr. Hamson, dem es sein ganzes Leben lang gelungen ist, Menschen auszubeuten? Lass ihn sie bezahlen und platzen! Ich wünschte, sie hätten ihn in der Bank ausgeraubt und sogar sein Hemd angezogen!

„Nun, du redest so, weil… nun, dies ist nicht die Zeit, um zu streiten. Helfen Sie mir, wenn Sie die Leiche absenken wollen. Dann muss der Sheriff zur Rechenschaft gezogen werden. Ich hoffe, Sie werden hier sein, um auszusagen.

„Ich werde es tun oder nicht, aber der Sheriff wird wissen, wo er mich findet. Ich bin seit mehr als drei Jahren vom Dorf abwesend und nicht gekommen, um die

Interessen der Hamsons Kröte zu retten oder für sie zu sorgen, sondern um meinen Vater zu sehen. Ich denke, es ist vor allen anderen und ich habe genug damit getan, den Gesetzlosen zu jagen, den ich treffen wollte, wenn mein Pferd nicht gestolpert und gefallen wäre und sich sein Bein verletzt hätte. Wenn mein Pferd lahm wird, kommt Hamson nicht, um den Verlust auszugleichen.

„Nun, darüber reden wir nicht, Frank. Du bist immer so ungestüm. Jetzt geht es darum, der Gerechtigkeit zu helfen, ohne dafür zu gucken, wen es tut.

Caster fing an, nach zwei Pflegern in den freien Pferdeställen zu schreien, und zwischen ihnen und Frank ließ er den Leichnam des Vorarbeiters hinab.

Unter dem Entsetzen der Reisenden in das Zimmer gebracht, konnte Frank im klaren Licht der Lampen erkennen, wie der Fahrer verletzt worden war. Die Kugel war durch seinen Hals gegangen, und der junge Mann, der die Leiche untersuchte, sagte:

„Ich verstehe nicht viel davon, aber aufgrund der Form der Wunde würde ich schwören, dass sie im Vorbeigehen von einem hohen Ort aus gejagt wurde. Der Bandit muss auf den Hängen oder vielleicht zwischen den Ästen eines Baumes im Hinterhalt gewesen sein. Das wird Ihnen der Arzt mit größerer Sicherheit sagen.

Caster deckte die Leiche mit einer Decke zu und befahl einer der Angestellten, den Sheriff zu suchen, was nicht mehr nötig war, denn als sich die Nachricht verbreitete, hatte sich jemand beeilt, die erste Behörde zu informieren, und sie war schon unterwegs an die Casa de Postas, um in das Ereignis einzugreifen.

Frank, der seine Mission erfüllt hatte, wollte gerade das Büro verlassen, um nach Hause zu gehen, als die Anwesenheit des Sheriffs ihn unterbrach.

Der derzeitige Polizeichef war nicht derselbe, den der Star trug, als er die Stadt verließ, aber er war ihm auch bekannt. Es war Edward Lang, der im Dorf eine Sattlerwerkstatt besaß.

Edward, als er mit Frank konfrontiert wurde, warnte:

„Moment mal, Frank, es sieht so aus, als würdest du gleich gehen.

„Stimmt, Herr Lang. Ich bin seit drei Jahren von hier weg und ich bin nur gekommen, um meinen Vater zu umarmen. Ich glaube, ich habe ein Recht darauf.

„In der Tat, Frank, und niemand bestreitet es mit dir, aber ich hoffe, dein gutes Urteilsvermögen wird deinen Besuch etwas verzögern. Es ist etwas Ernstes passiert, in das Sie auf spektakuläre Weise eingegriffen haben, und ich hoffe, Sie wollen Ihre Hilfe für die Justiz nicht verweigern.

„Natürlich nicht. Ich habe schon gesagt, dass ich meinen Vater umarmen würde und dann hatten sie mich zur Verfügung.

„Nun, verschiebe den Besuch ein bisschen. Wenn Sie das glücklich macht, sage ich Ihnen, dass Ihr Vater bei bester Gesundheit ist und sein Geschäft immer besser wird. Damit können Sie sich, glaube ich, damit abfinden, ein paar Minuten zu warten.

Frank gehorchte widerstrebend und zog seine Pfeife heraus, er klemmte sie, während der Sheriff ihn mit Fragen belästigte.

Prägnant antwortete er:

„Hören Sie, Lang, fragen Sie diese Damen, sie sind diejenigen, die Sie am besten informieren können. Ich kam an, als der Räuber bereits zum Fluss flüchtete.

Der Sheriff befolgte den Rat und befragte die Reisenden. Sie erklärten ihm, wie Der Stagecoach ausgeraubt worden war und alle Manöver, die der Gesetzlose ausgeführt hatte.

Da Caster nur Worte hatte, um den Diebstahl von Hamsons Lederjacke zu bedauern, fragte der Sheriff:

„Wer hätte gedacht, dass diese wichtige Tasche in der Stagecoach unterwegs war?

„Ich weiß es nicht. Natürlich ich und der Bürgermeister. Hamson hat es persönlich hierher gebracht, als die Bühne eintraf, und es mir heimlich in meinem Büro gemeldet. Ich habe es Jasper heimlich mitgeteilt, als ich es ihm übergab, und ich weiß es nicht. Ich weiß nicht mehr. Mr. Hamson wird es wissen, wenn ...

"Sie müssen ihn sofort benachrichtigen", sagte der Sheriff, "ist an der Sache am meisten interessiert.

"Das kann nicht sein", sagte der Postchef. "Er wartete voller Angst bis zum Eintreffen des Trainers, denn er musste sofort gehen. Wie er mir vertraulich erzählte, hatte er ein wichtiges Treffen mit einer gewissen Persönlichkeit für etwas Großes, das die Region betrifft und ... ich weiß nicht mehr.

"Nun, es wäre sehr wichtig zu wissen, wer den Ausgang dieser Tasche kennt ... das hängt davon ab, einem Hinweis zu folgen.

Frank mischte sich ein, um zu sagen:

„Ich vermute, Sie irren sich, Sheriff. Erstens glaube ich nicht, dass Hamson dem Stadtausrufer zwei Cent gab, als er ankündigte, dass er das Geld über einen so exponierten Kanal schickte, und zweitens, nach den Aussagen der Reisenden zu urteilen, war der Fund zufällig. Der Räuber durchsuchte sie, durchsuchte die Postsäcke und fand schließlich mit der Stagecoach das Versteck. Hätte er dieses Detail gewusst und war das Motiv für den Angriff, hätte er sich Sorgen gemacht, danach zu suchen. Der Rest sollte sich nicht lohnen.

Der Sheriff dachte über die Logik solcher Worte nach und sagte:

„Ich glaube, du hast recht, Frank, aber... nun ja, es denkt an alles. Erzählen Sie uns jetzt Ihre Geschichte. Du hast den Gesetzlosen gejagt.

„Das war es tatsächlich. Sie sagten mir, dass es noch keine zehn Minuten her sei, seit er geflohen sei und ich dachte, ich hätte ihn erreicht.

Dann erzählte er von seiner ganzen Odyssee und wie der Sturz von seinem Pferd ihn daran gehindert hatte, den Flüchtigen zu jagen.

Was verstummte, war seine Überzeugung, dass der Ledersack weggespült worden war. Dies war ein Detail, das zu gegebener Zeit einer Untersuchung vorbehalten war.

Sein Hass auf den Mann, der sein Leben und seine Illusionen zunichte gemacht hatte, war so groß, dass er es vorzog, dieses Geld verloren und aus der privaten Tasche des Bankiers bezahlen zu lassen, als seine Rettung, wenn möglich, zu erleichtern, obwohl er nicht traute dass dies der Fall wäre. war.

Als er seine Geschichte beendet hatte, fragte der Sheriff:

„Hast du irgendwelche Ideen, die dir helfen, den Räuber irgendwann zu erkennen?

"Keine. Ich intervenierte am späten Nachmittag, als die Sonne bereits unter dem Horizont versunken war und die Dämmerung herrschte. Ich konnte, wie die Reisenden, einschätzen, dass er ein breitschultriger Mann von normaler Statur war, ziemlich groß und tragend Hohe Stiefel Er ritt auf einem ganz schwarzen Pferd und ich kann es nicht genauer sagen.

"Nun. Ich werde den Nachbarstädten Details zur Verfügung stellen, damit meine Kollegen nachforschen können. Vielleicht hat ihn jemand in eine Richtung überqueren sehen. Es ist nicht einfach, wenn Sie weit voraus sind und die Kluft überqueren Dort ...

Frank unterbrach ungeduldig:

„Nun, Mr. Lang", sagte er, „ich glaube, ich habe Ihnen gesagt, wie viel ich zu Ihrer Arbeit beitragen kann. Wenn Sie möchten, können Sie mein Pferd untersuchen, bevor ich gehe, und sehen, dass sein Bein bei der Verfolgung verletzt wurde Sie können auch mein Gewehr sehen, dem eine Granate fehlt, und meinen Revolver, der drei Kugeln hat.

"Warte eine Minute", unterbrach der Sheriff. Welches Kaliber haben deine Waffen?

„Der Winchester ist ein 40.70er Zentralfeuer und der Revolver ein .45er Colt. Hat es etwas mit dem Tod dieses unglücklichen Mannes zu tun?

Der Sheriff errötete ein wenig. Franks Frage war ungestüm und drohend gewesen.

"Nein ... ich glaube nicht ... aber es ist gut, so viele Details wie möglich zu haben.

Frank fügte ironisch hinzu:

„Wenn das der Grund ist, können Sie auch mein Schuhwerk und die Hufe meines Pferdes messen. Dann steckt er alles in einen Hut, schüttelt ihn, nimmt etwas heraus und ... hat den Fall gelöst.

Lang sah ihn streng an und antwortete:

„Frank, ich sehe, dass du genauso impulsiv und spöttisch zurückkommst, wie du gegangen bist. Du hast vieles vergessen...

„Du liegst falsch, Lang, ich habe keine vergessen. Vielleicht ist es etwas, das die Leute bedauern.

„Solange es dich nicht zu sehr belastet …

„Nun, wenn das der Fall ist, schade. Brauchen Sie noch etwas von mir?

„Nicht. Du kannst gehen, aber ich hoffe, du gehst nicht so schnell, dass ich keine Chance habe, dich wiederzusehen.

»Ich fürchte, ich werde nicht gehen, Lang. Vielleicht ist das das Schlimme.

Und er ging zum Ausgang, in dem Moment, als die Tür gewaltsam geöffnet wurde und die große blonde Silhouette einer jungen Frau, hübsch und elegant, im Rahmen umrissen war.

Frank, als ob er von einer Rappe gebissen worden wäre, trat zurück und spürte, wie Blut in sein dunkles Gesicht strömte, während der Neuankömmling, der ihn sah, bleich wurde und ausrief:

"Frank!

Er bemühte sich gewaltig, sich zu beruhigen und antwortete:

„In der Tat, Sylvia. Ich bin Frank Neil. Ich dachte, Sie würden sich nach drei Jahren Abwesenheit nicht mehr an mich erinnern.

„Es ist eine Sache, sich zu erinnern und eine andere, sich zu erinnern. Sie hatten mir gesagt, dass ... aber es tut mir leid. Es gibt etwas Dringendes, das ich klären muss.

Und er wandte sich an den Postchef und fragte vehement:

„Was läuft durch die Stadt, Mr. Caster? Sie haben mir erzählt, dass die Bühne ausgeraubt und der Bürgermeister getötet wurde.

„Stimmt, Miss Hamson", antwortete der Boss verwirrt und zeigte auf Jaspers Körper, der unter der Decke versteckt war. " Hier hast du es.

Sie wich zurück, machte einen entsetzten Blick in ihren hübschen Mund und fügte dann hinzu:

„Schrecklich, Mr. Jasper, schrecklich! Aber ... mir wurde mehr erzählt ... Stimmt es, dass mein Vater einen Ledersack mit fünfzigtausend Dollar auf die Bühne geschickt hat und dieser verschwunden ist?

„Es ist wahr, Miss Hamson. Der Sack ist verschwunden, aber die Menge weiß ich nicht. Wussten Sie nicht?

„Nein", antwortete sie verwirrt. "Mein Vater hat mit niemandem über die Sendung gesprochen ... nicht einmal mit mir. Er hat mir nur gesagt, dass er bis Montag zu einer sehr wichtigen Konferenz abwesend sein muss und ich weiß nicht wohin. Mein Gott, fünfzigtausend Dollar Wie sauer wird er sein, wenn er es herausfindet!

„In der Tat, es ist keine triviale Handvoll Dollar.

„Und… der Räuber konnte nicht lokalisiert werden?

Der Sheriff, der auf Frank zeigte, warnte:

„Ja, Miss. Frank kam kurz darauf am Tatort an und verfolgte den Räuber im Galopp. Es holte ihn in der Nähe des Flusses ein, aber … sein Pferd stolperte und fiel, als der Flüchtling den Bach überquerte mal, vermisste ihn aber.

"Ja, es ist seltsam", sagte Sylvia sarkastisch, "dass Frank Neil, ein Mann, der immer damit prahlte, ein Schütze zu sein, Schüsse aus einer Entfernung von nicht mehr als dreißig Metern verpasst hat! Es gibt erstaunliche Dinge!

Frank spürte, wie sein ganzes Blut bei ihrem Kommentar Feuer fing. Sie hatte nichts getan, um die Verachtung von jemandem zu verdienen, der immer eine gute Freundin gewesen war, und jetzt, als sie ihn auf diese vernichtende Weise vor den Leuten anklagte, durchflutete eine dumpfe Wut ihre Seele.

Wütend drehte er sich um und rief:

„Du bist eine aggressive, dumme, idiotische Lady geworden, Sylvia! Ich sehe, dass Sie eine würdige Tochter Ihres Vaters sind und dass er Ihnen seine dummen Theorien und seinen törichten Stolz eines ehrgeizigen Mannes eingeflößt hat, ohne es zu sein. Rancher, der mit Geld aufgewachsen ist, vergisst seine Herkunft und will deine aus deinem Blut löschen, als ob das möglich wäre. Ich habe nie damit geprahlt, ein Schütze zu sein, und das wissen Sie.

«Ich habe mich nur eines Mannes und eines ganzen Mannes gerühmt und ohne Träume von Größe, die mir nicht passen. Wenn Sie das mit einem Durcheinander gesagt haben, ist es nicht wert, darüber nachzudenken. Wenn du ein Mann gewesen wärst...

Eine veränderte Stimme rief aus der Tür ...

»Sie ist kein Mann, Frank, und deshalb vermutest du das auch, aber hier ist ein Mann, der bereit ist, für sie zu verantworten.

Wütend richtete Frank seine Augen auf die Tür. Darin und fast über die gesamte Spannweite ragte die Silhouette von Dennis Powell, Sylvias Freund, heraus.

In käsiger und affektierter Eleganz gekleidet, sah er mehr aus als ein wohlhabender einheimischer Viehzüchter, ein exotischer Fremder aus dem Osten, der sich grob an die Sitten und Gewänder der Region anpassen wollte. Es war wie eine reuelose Figur, die versucht, Kleidung mit aristokratischen Gesten mit schlechtem Geschmack zu modifizieren.

Frank machte wütend zwei Schritte vorwärts und sagte:

„Bist du ein Mann? Du warst dein ganzes Leben lang nicht mehr als ein dummes Kind, das verwöhnt wurde, deine lächerliche Gestalt durch die Stadt zu ziehen und junge törichte Frauen wie diese zu blenden. Die Männer hier werden sich schämen, wenn sie wissen, dass Sie sie vertreten wollen.

Dennis, rot wie Beifuß, sprang auf Frank zu und versuchte, seine kräftigen Fäuste auf sein Gesicht zu schlagen, während Sylvia erschrocken schrie, um ihn aufzuhalten, aber der Versuch des Bauernsohns ging nicht weiter ...

Frank beugte leicht seine Taille, wich dem blinden Schlag aus und streckte seinen rechten Arm wie eine kräftige Feder aus, legte ihn auf den Mund seines Angreifers und schleuderte ihn rückwärts gegen die Tür.

Dennis kollidierte mit dem Rahmen, stieß einen Schmerzensschrei aus und brach wie ein Weichei zusammen, während Sylvia erschrocken ihr Gesicht mit den Händen bedeckte und glaubte, ihr Freund sei von dem schrecklichen Aufprall zerstört worden.

Lang versuchte, Frank zu packen, aber Frank stieß ihn scharf weg und brüllte:

„Lass mich, Lang, lass mich; Sie haben gesehen, wie ich beleidigt wurde, und Frank Neil wird von niemandem beleidigt.

KAPITEL IV

HAMSON BEGINNT SEINEN ANGRIFF

Die Ankündigung von Frank Neils Ankunft war, als ob eine Bombe im Dorf gefallen wäre. Drei Jahre waren nicht lange, um Erinnerungen aus den Erinnerungen der Menschen zu löschen, die zwar schlummerten, aber immerwährend blieben, und bald wurden die Details seines Lebens wiederbelebt, bis er aus Nirvay verschwand.

Das Gerücht über seine Leistung beim Viehdiebstahl verbreitete sich durch seinen Weggang, wurde in Erinnerung einiger wiederbelebt und obwohl die Tests nicht sehr zufriedenstellend waren, gibt die Volksverleumdung immer leichter das Schlechte zu als das Gute und jeder ist es stand vor ihm auf der Hut und wartete darauf, dass die Haltung des Sheriffs diese alte Angelegenheit annahm.

Andererseits war es sehr zufällig, dass er eine führende Figur in der Angelegenheit des Stagecoachnraubs in Missouri war. Nirvay war eine sanftmütige und ruhige Stadt, in der sich bewaffnete Raubüberfälle und gewaltsame Todesfälle als exotische Blumen herausstellten, und dieses blutige Ereignis „das blutigste, an das man sich an diesem Ort erinnerte" musste sich genau dann abspielen, als Frank in die Stadt zurückkehrte.

Bald wurde die Geschichte ihres Auftritts vermehrt und durch Mundpropaganda korrigiert, und viele, "wie Sylvia es getan hatte", begrüßten ihre Aussagen mit Vorbehalten. Eine Person wie er, ein ausgezeichneter Schütze, konnte nicht drei Schüsse aus so kurzer Entfernung abgeben, und die Tatsache, dass dies hätte passieren können, ließ gewisse Zweifel aufkommen.

Den ganzen Tag des darauffolgenden Sonntags waren die Kommentare für jeden Geschmack etwas dabei. Sowohl die Jugend als auch die Alten vergaßen ihre Lieblingsunterhaltung "einige tanzen und andere Kneipen" und widmeten sich in Gruppen auf dem Platz, auf der Hauptstraße oder in den Lokalen der Hypothesenbildung über das Ereignis und schöpften aus ie besonderen Schlussfolgerungen, von denen nur wenige den neu zurückgekehrten Nomaden begünstigten.

Er erschien den ganzen Sonntag nicht in der Stadt. Ermüdet von dem langen Tag und verbittert über die Szenen, die seiner Rückkehr folgten, verbrachte er den Tag schlafend, und als er aufstand, wollte er das Haus seines Vaters nicht verlassen, an dessen Seite er den Abend verbrachte, um von seinen gefährlichen Dingen zu erzählen Heldentaten im Westen.

Bezüglich des Überfalls auf Der Stagecoach erzählte er ihm alles, was vorgefallen war, außer der Entlassung. Es schien, als dränge ihn etwas, über die Sache Stillschweigen zu bewahren, obwohl er ihr auch keine große Bedeutung beimaß, da er sicher war, dass der Sack im schlammigen Wasser des Missouri verloren gegangen war.

Am Montagmorgen kehrte Hamson zu seiner hübschen Vorstadtfarm zurück. Er schien müde von der Reise, aber zufrieden mit dem Ergebnis.

Er fand seine Tochter nervös und mit Anzeichen von Weinen, und als er versuchte, sich nach den Motiven dieser anklagenden Spuren zu erkundigen, berichtete sie ihm fieberhaft von allem, was passiert war.

Der Bankier schrie bei der Nachricht von dem Geldverlust und der falschen und brutalen Manifestation von Frank. Er konnte ihr nicht verzeihen, dass sie zurückkkam und ihre Tochter so verächtlich behandelte, obwohl er tief in seinem Inneren froh war, dass sich die unerwartete Begegnung so kalt und aggressiv entwickelt hatte.

Dies hatte gerade alle Spuren der Vergangenheit zwischen ihnen gelöscht und die Zukunft klar gelassen. Sylvia und Frank konnten nicht einmal mehr zwei diskrete Freunde sein.

Was den Vorfall mit Dennis betraf, war er wütend. Immerhin pulsierte unter dem falschen Mantel eines "provisorischen Ritters" das Blut des Westens in ihm und die Luft eines turbulenten Rancherlebens, und es machte ihn krank, dass sein zukünftiger Schwiegersohn eine solche Niederlage und Demütigung erlitten hatte.

Wütend brüllte er:

„Aus was für einem Schlamm ist Dennis gemacht, der Frank nicht zerstört hat? Er hat Sie vor dem Sheriff beleidigt, und wenn er ihn gleich dort vernichtet hätte, hätte Lang ihm zustimmen müssen.

„Aber Dad", antwortete sie verwirrt. „Dennis wollte zu meiner und seiner eigenen Verteidigung herauskommen. Er war unbewaffnet und sprang auf Frank zu, um seinen Mund mit seinen Fäusten zu bedecken.

„Und er ließ seine Vertuschung zu, nicht wahr? So kann es nicht bleiben! Ich gebe zu, dass Dennis weder ein Schläger noch ein Bewaffneter wie Frank ist, aber er ist ein Mann und er muss es beweisen. Ich kann nicht zulassen, dass der zukünftige Ehemann meiner Tochter die Demütigung erleidet, geschlagen worden zu sein, ohne sich zu rächen. Sie müssen es verstehen und er auch.

„Okay, Dad, okay, aber Dennis hatte keine Zeit, sich zusammenzureißen ... wenn er wiederhergestellt ist ... werden wir sehen ... Du weißt, wer Frank ist ...

„Ich weiß, wer Frank ist, und er wird wissen, wer ich bin ... Er ist nur zurückgekommen, um mein Leben bitter zu machen, er verzeiht mir nicht, dass ich mich deiner intimen Freundschaft zu Recht widersetzt habe. Er glaubte, dass ich nur ein grober Rancher war, der seine Absichten nicht gewusst hatte, und ich tat es. Ich habe versucht, Ihre Unschuld zu missbrauchen, um Sie zu betrügen, Sie zu heiraten und mein Leben auf Kosten von uns beiden zu übernehmen ... Nein ...! Ich konnte dem nicht zustimmen und freue mich, dass Sie reagiert haben, indem Sie erkannt haben, wer es ist. Auf der anderen Seite gibt es viel zu besprechen in Bezug auf den Diebstahl meines Geldes ...

«Ich gebe zu, dass er, abwesend, nicht wusste, dass ich die Sendung ausführen würde, aber ... wer sagt mir, dass ich nicht mit dem Räuber einverstanden war, der Stagecoach den Schlag zu versetzen? Er weiß das, er weiß, dass die Post normalerweise Wertpapiere enthält, vielleicht haben sie sich bereit erklärt, sie zu stehlen, und der Zufall ließ sie über die Tasche stolpern ... Fünfzigtausend Dollar ...! Das ist der Betrag, den Sylvia, und wenn sie ihn mit diesem Gesetzlosen teilt, wird sie sich rühmen können, Geld verdient zu haben, sich hier niederzulassen und zu versuchen, mein Leben bitter zu machen ...

Nein ... wird er nicht. Ich habe viele Anfragen. Seine Behauptung, er habe den Räuber gejagt und erschossen, ohne ihn verletzt, ihn aus den Augen verloren, ist kindisch ... Als ob wir nicht wüssten, wie dieser Kerl mit einem Revolver umgeht!

„Was meinst du damit, Dad?", fragte Sylvia fasziniert.

„Viel und nichts, aber eins von zwei; Entweder ist es eine Lüge, dass er den Gesetzlosen gejagt hat, oder er hat es vorgetäuscht, um sein Eingreifen in die Sache zu rechtfertigen ... Ich muss ihn dazu bringen, die Haken festzuziehen, bis er die Wahrheit singt.

"Das ist ein sehr starker Vater, du kannst ihn nicht ohne Beweise beschuldigen.

„Keine Beweise? Regnet es nicht nass? Wer hat mir das Vieh gestohlen, als ich aus der Stadt verschwand?

„Es konnte nicht bewiesen werden, Dad… Scott sagte, er sei sich fast sicher, dass er Frank wiedererkannte, aber wegen der Dunkelheit könnte er verwirrt gewesen sein.

„Er war nicht verwirrt… Er hatte Angst, dass Frank sich an ihm rächen könnte. Er ist ein Tyrann und Tyrannen werden oft aus Angst vor anderen vor dem Galgen gerettet, aber ich habe weder vor ihm noch vor irgendjemandem Angst. Ich vergesse nicht, dass ich Viehzüchter war und sie oft von Angesicht zu Angesicht mit den Viehdieben gesehen habe.

„Nun, Dad… reg dich nicht auf. Jetzt geht es vor allem darum, den Räuber ausfindig zu machen. Die Behörden müssen etwas tun.

"Irgendwas...! Ich würde, wenn ich Autorität hätte. Ich würde Frank zwingen zu sprechen... Er muss es wissen...

"Papa!" rief Sylvia genervt, ohne zu wissen warum. Ich glaube, du gehst zu weit. Ich erlaubte mir, an der Wahrheit, die er sagte, zu zweifeln, und sah, wie er wütend reagierte ... Warum konnte es nicht so geschehen, wie er sagt?

„Werden Sie ihn jetzt verteidigen? Der Bankier brüllte, weil er befürchtete, dass seine Tochter noch immer Sympathie für Frank hegte.

„Nein, aber ich möchte nicht, dass du so extrem wirst, dass ich ihn mit ihm konfrontieren kann. Eine solche Anschuldigung könnte ihn verärgern und ... es macht mir Angst, an die Konsequenzen zu denken.

„Mach dir keine Sorgen. Du wirst sehen, dass der Löwe nicht so wild ist, wie die Leute ihn malen. Ich weiß, wie man mit der Sache umgeht.

„Nun, was ist mit dem Geld?

"Das ist das Schlimmste, Sylvia. Ich habe das Gefühl, dass den örtlichen Viehzüchtern und Siedlern etwas Unangenehmes passieren wird. Dieses Geld gehörte ihnen, ich muss in meiner Eigenschaft als Direktorin die Verteilung der Gelder anordnen und die einzigen vorhandenen verwenden." bedeutet, das Geld zu überweisen. Wenn es keine Sicherheit gibt, was bin ich schuld? Werde ich es verlieren? Nein ... Und das muss ich ihnen in den Kopf bekommen.

„Schlechtes Geschäft, Papa. Sie werden sagen, dass ihr Geld zu ihrer Sicherheit in der Bank aufbewahrt wurde und dass das Geld, das Sie nach draußen gebracht haben, nicht ihres war.

„Nun, wem gehört es, vielleicht meiner? Das ganze Geld, das ich behalte, gehört allen und es betrifft alle. Wir werden sehen, was passiert, aber rechne nicht damit, dass ich es aus der Tasche ziehe. Finden Sie es und geben Sie es zurück. Ich werde eine Aktionärsversammlung einberufen und wir werden sehen, wie es ausgeht.

Und wütend marschierte er zum Ufer, wo er den ganzen Morgen eingesperrt blieb, ohne jemanden sehen zu wollen.

Das Ereignis hatte, obwohl es die Empörung der Bevölkerung ausgelöst hatte, keinen Alarm gesät, weil niemand dachte, dass es sich in ihren Girokonten widerspiegeln könnte. Sie alle glaubten in gutem Glauben, dass dies Sache des Direktors sei, der über die Einlagen zu wachen habe und für deren Integrität verantwortlich sei.

Als die Bank schloss, musste Hamson zum Büro des Sheriffs gehen. Er hatte eine Nachricht geschickt, um ihn zu besuchen, und Hamson kam wütend.

"Das ist ein echter Skandal, Lang!" War sein erster Kommentar. „Sie sind der Sheriff des Dorfes und bleiben so ruhig in Ihren Büros, ohne zu wissen, dass die Räuber Nirvay wie Ameisen in den Bäumen heimsuchen. Sind Sie sich Ihrer Verantwortung bewusst?

"Warum?" antwortete der Sheriff genervt. Gab es in der Nähe Anzeichen von Gesetzlosen?

„Gibt es einen Ort im Westen, wo sie nicht existieren? Ich finde dich sehr ahnungslos, Lang.

„Es wird Ihre Meinung sein. Haben Sie mir andererseits gesagt, dass Sie eine so gefährliche Lieferung planen?

"Musste ich für meine Transaktionen werben?" brüllte der Bankier. "Wenn Sie das größte Geheimnis, das passiert ist, aufdecken würden, was wäre dann passiert, wenn Sie mit der Jacke herumgelaufen wären, um es allen zu zeigen?

„Vermasseln Sie die Dinge nicht, Mr. Hamson. Es genügte, dass er mich gewarnt hatte. Ich persönlich hätte die Etappe nach Seneca begleitet.

„Und das? Vielleicht schuldest du mir mein Leben dafür, dass ich dich nicht gewarnt habe, aber bestenfalls, wenn man dich für einen Oger gehalten hätte, wäre der Schlag später gekommen. Nein, Lang, das Geld war dazu bestimmt, zu verschwinden, weil Diebe nicht… vorher verschwunden!

„Es war ein Zufallsereignis. Ich glaube, dass nicht einmal der Räuber selbst davon träumte, wie wichtig sein Schlag sein würde.

"Nicht? Und was ist mit Franks Eingreifen? Er ist weggegangen, als Vieh von meiner Weide gestohlen wurde und von einem meiner Peons erkannt wurde; Er kommt zurück, als mir fünfzigtausend Dollar gestohlen wurden und greift auf seltsamste Weise ein ... haben nichts von dieser absurden Geschichte geglaubt, die er erzählt hat.

„Wie kann ich mich dafür ernähren?

„Einfach in seinem Hintergrund. Seine Leistung ist sehr düster und ich glaube zufällig, dass er in Kombination mit dem Räuber war.

„Um seine Lederjacke zu stehlen?

„Nicht genau dafür, sondern um die Bühne auszurauben und die Werte der Post zu stehlen. Ich vermute, dass er mit einem Kollegen gekommen ist und wie er hier genannt wird, hat er ihn zum Streik geschickt, um ihm zu helfen. Als er ihn triumphieren sah, präsentierte er sich als Retter der Reisenden und um seine Ankunft zu rechtfertigen.

Er wusste, dass sie ihm sagen würden, dass der Räuber gerade geflohen war und vorgab, ihn zu verfolgen. Sicherlich begleitete sie ihn zum Fluss, um ihm die Flucht zu erleichtern und ihn zu führen. Ich würde Frank genau im Auge behalten. Ich bin überzeugt, dass er eines Tages seinen Partner aufsuchen wird, um seinen Anteil an der Beute einzufordern. Dann wird er sagen, dass er im Westen Geld verdient hat und dass er kommt, um sich niederzulassen ... Was wissen Sie über seine Wanderungen dort draußen?

„Nichts! Warum musste ich mich um ihn kümmern?

„Sicher, aber … du wirst sehen, wie es ist. Mein Herz sagt es mir.

„Nun, ich habe seine Hand noch nicht losgelassen. Ich werde ihn mit Fragen belästigen, ich werde ihn zwingen, sein Leben und vor allem seine Schritte zu erkennen, wenn er zurückkommt, und ich werde ihn beobachten lassen ... Mehr kann ich nicht tun, denn ohne einen Test ist es nicht erlaubt, festzuhalten ihm.

„Nun, er wird es vielleicht bereuen, es nicht getan zu haben. Eines Tages wird es ihm wie Aale aus den Händen gleiten, und er wird mit meinem Geld gehen, um dort erfolgreich zu sein und prächtig zu leben.

„Wir werden dafür sorgen, dass dem nicht so ist. Ich habe Aufträge in der ganzen Region erteilt, um Nachforschungen anzustellen. Jemand muss einen Reiter auf einem schwarzen Pferd gesehen haben.

" Viele! Und sie werden hundert Bürger verhaften, die auf Pferden dieser Farbe reiten ... Sie selbst könnten verhaftet werden, wenn Sie ein Rappe haben. Ich habe zwei, Isaac White hat einen ...

„Okay, aber es gibt keine Hinweise mehr. Das heißt, die Lederjacke bleibt.

„Dass sie es nicht als Trophäe um den Hals tragen werden. Die Tasche wird eines Tages leer in einer Schlucht erscheinen und dort wird die Geschichte gestorben sein.

Der Sheriff, der von Hamsons Pessimismus geplagt war, fragte:

„Können Sie sich noch andere Schritte vorstellen, um den Autor zu entdecken?

„Wenn ich ein Sheriff wäre, würde ich an viele denken, weil ich keine Angst hätte zu handeln. Zuerst würde ich Frank ins Gefängnis stecken.

"Ich kann es nicht tun.

„Nicht einmal wegen des Diebstahls meines Viehs?

Nicht dafür. Es ist während meiner Amtszeit nicht passiert und wurde meines Wissens auch nicht zuverlässig nachgewiesen.

"Schon! Da wird sich das nicht beweisen. Der Kellner ist schlau, aber Lang, tritt auf die Füße. Wenn Sie sich nicht bald und gut lösen, werde ich meinen Einfluss in der Kontur einsetzen müssen, damit ein fähiger und energischerer Sheriff entsteht Ernennt wird Rumine dies, das dich interessiert.

„Nun, du kannst es tun, ich bestreite es nicht. Wenn Sie wollen, dass ein Sheriff zu Ihnen passt, lassen Sie ihn ernennen, aber ich bin nicht mehr und nicht weniger gerecht.

Hamson stand schockiert auf und rief:

„Ist es eine Herausforderung, Lang?

„Es ist ein Grund. Ich werde tun, was ich für notwendig halte, aber ich werde nicht so weit gehen, mir Dreck in die Augen zu werfen.

„Nun. Er wird sich an diese Drohung erinnern.

Und wütend verließ er die Büros und ließ den Sheriff noch wütender zurück, als er es war.

Die Jähzorn des Bankiers wurde in den Nachmittagsstunden, in denen er weiterhin bei der Bank arbeitete, noch gesteigert, und so kehrte er, als die Nacht hereinbrach, auf seine Farm zurück, er war ein Schütze, der in vollem Gange explodieren wollte.

Die letzte Person, die an diesem Tag an Hamsons Gallenabszessen litt, war Dennis, der, ganz erholt von dem Schlag in der Nacht zuvor, Sylvia besuchen und dem Bankier den erlittenen Verlust aussagen wollte.

Als Hamson seine grimmigen Augen auf das Gesicht des adretten jungen Mannes richtete und die Spuren des schrecklichen Schlags auf seinen geschwollenen Lippen entdeckte, sah er ihn streng an und sagte:

„Was zum Teufel bist du für ein Mann, Dennis? Gehört er zu denen, die nach christlichen Maximen bei einer Ohrfeige die andere Wange hinhalten, um die zweite zu empfangen? Wenn ja, bezweifle ich, dass Sie einen anderen Mund haben, um ihn anzubieten, und dass sie ihn so aufsetzen, wie sie Ihnen den einzigen gegeben haben, den sie haben.

Dennis, rot vor Scham, rief aus:

"Herr. Hamson, Sie sind unfair. Ich verteidigte seine Tochter und wollte diesen Kerl bestrafen, aber ich verpasste den Schlag und hatte keine Zeit, ihm zu antworten. Ich glaube nicht, dass ich Angst gezeigt habe.

„Aber ja, Nichtigkeit, was für den Fall dasselbe ist. Das gefällt mir nicht, Dennis. Wer die Hand meiner Tochter bekommen will, muss ein Mann im wahrsten Sinne des Wortes sein. Ich gebe zu, ich habe dich überrascht und dein Gesicht zerquetscht, aber was hast du seit letzter Nacht getan?

„Nichts, aber ich werde es tun. Ich habe Schmerzen und muss darüber nachdenken, wie ich die Angelegenheit löse. Du weißt, dass ich kein Schütze bin; ich führe eine Waffe wie viele, aber nicht wie Frank. Wenn ich so dumm wäre, dass ich … nach einem Revolver an seinem Gürtel suchte, wäre es so viel wie Selbstmord durch die Hand eines anderen zu begehen.

„Nun, was ist meine Schuld, dass sein Vater ihn nicht für den Westen erziehen konnte? Ist das ein Schmetterlingsnest? Hier muss man sich mit Einfallsreichtum und Waffen verteidigen. Ich bin ein gebildeter Mann für die Gesellschaft, weil ich mich dafür entschieden habe und deshalb die glänzende Position erreicht habe, die ich habe; Aber ich habe auch gelernt, mit Verteidigungswaffen umzugehen, wie es Gott befiehlt, damit mich niemand missbraucht, weil er mich in Gehrock, schicker Weste und weißem Kragenhemd mit Schal sieht.

»Du hast dich gerade um das Kleid gekümmert und damit gehst du nirgendwo hin, Dennis. Es tut mir leid, Ihnen das sagen zu müssen, denn ich schätze Sie sehr und habe Ihnen Kampfeslust gegeben, um meine Tochter zu umwerben, aber dann passiert es, weil ich sie eines Tages nicht mehr verteidigen kann, wenn jemand sie beleidigt, nicht das. Du bist in den Augen aller gedemütigt worden, das kannst du nicht vergessen und nur durch das Waschen der Beleidigung wirst du die Wertschätzung des Volkes zurückgewinnen.

«Verschlucken Sie sie dafür und vergessen Sie nicht, dass Sie, da Sie beleidigt sind, das Recht haben, die Initiative zu ergreifen. Das ist ein großer Vorteil, um viel Aufhebens mit dem Sheriff zu vermeiden. Wenn Sie etwas auf dem Herzen haben, werden Sie verstehen, was ich sage, und entsprechend handeln.

Und ohne weitere Gründe hören zu wollen, ließ er alles verwirrt und beschämt zurück, um sich in seinem Büro einzuschließen.

Dennis kam zu Sylvia, um Linderung und Hilfe zu holen, aber ihre Stimmung war nicht besser als die ihres Vaters. Sie hatte sich seine ganze Schmährede angehört und war, obwohl sie ihre Ausbildung in einer Schule verfeinert hatte, immer noch eine Frau der Region, in der das Blut des Westens und seine Atavismen nicht zu leugnen waren.

Auf die Klagen des jungen Mannes antwortete er:

„Es tut mir leid, Dennis, aber ich kann den Grund meines Vaters nicht verstehen. Ich gebe zu, dass Frank dich überrascht und mit einem Schlag niedergeschlagen hat, aber du kannst es nicht einfach so lassen ... Verstehst du nicht, dass du der Spott der Stadt bist?

„Schon okay, Sylvia. Ich habe nicht gesagt, dass ich versuche, eine Begegnung mit diesem wilden Cowboy zu vermeiden, aber ... ich muss aufpassen, wie ich das mache. Frank ist ein Schütze und ich bin ihm mit einer Waffe nicht gewachsen in der Hand.

„Aber du hast zwei Fäuste, Dennis. Ich kenne Frank und ich weiß, dass er nicht in der Lage ist, Waffen zu benutzen, die sein Gegenüber nicht benutzen kann. Ich weiß nicht, was er getan haben mag oder was man ihm konkret vorwerfen kann, aber ich habe ihn lange behandelt und konnte sehen, dass er sich immer vornehm verhalten hat.

„Vielleicht ist er ‚der großzügige Bandit'. Ein Jesse James oder ein Billy „the Kid""“, kommentierte Dennis trocken.

„Ich weiß nicht, was es sein wird, und es interessiert mich auch nicht. Das ist vorbei, aber ich bin fair genug, bei der Wahrheit zu bleiben.

„Okay, es sieht so aus, als hätten Sie sich verschworen, um mich in ein gefährliches Geschäft zu bringen. Ich bin kein Feigling, ich werde es Ihnen mehr als alles zeigen, aber obwohl ich kein Feigling bin, bin ich kein Verrückter, der seinen Kopf in einen Stock steckt, um eingesperrt zu werden.

Und wütend über die Gewalt dieser Situation nahm er seinen Hut und ging, ohne sich zu verabschieden.

KAPITEL V

WAS EIN MANN NICHT ERHALTEN KANN

Frank verbrachte den ganzen Sonntag in der Privatsphäre des Hauses mit seinem Vater, der ihm während der drei Jahre, in denen der junge Mann abwesend war, sehr wertvolle Informationen über das Leben im Dorf gab.

Es waren Daten, die ihn nicht nur in eine glücklichere und sehnsüchtigere Zeit als die Gegenwart zurückführen würden, sondern ihm auch gute Dienste leisten würden, da sein Zweck bei seiner Rückkehr nach Nirvay darin bestand, sich dort dauerhaft niederzulassen.

Der alte Neil, immer noch stark und aufrecht, befriedigte alle Fragen seines Sohnes, besonders in Bezug auf Hamson und seine Aktivitäten. Der frischgebackene Bankier war der Grund für all sein Unglück gewesen, und Frank kam mit der bewussten Absicht zurück, seine vergangenen schlechten Zeiten, wenn möglich, mit Pik zu vergelten. Sylvia war zutiefst enttäuscht, sie so verändert und so sehr an den Theorien ihres Vaters zu finden, geplagt von Größenwahn.

Eine tiefe Bitterkeit erfasste ihn, als er feststellen konnte, dass die gute Freundschaft, die sie verband, dieser Ausbruch einfacher und gesunder Liebe, der nicht in Worten zwischen ihnen explodierte, sondern die der eine und der andere stillschweigend zugegeben hatte, nicht nur ausgetrocknet. und tot, aber die giftige Wurzel hatte sich in eine Verachtung verwandelt, die er nicht zugeben konnte.

Sylvia schien weder besser noch schlechter als ihr Vater. Sie war von dem Schauspiel der Größe verführt worden und war bereit, ihr Herz und ihre Jugend einer dummen und törichten Liebe zu opfern, deren Ausmaß an dem Kapital gemessen worden war, das Dennis' Vater besitzen konnte.

Frank konnte sich die Veränderung ihrer Gefühle nicht erklären. Sie kannte Dennis so, wie sie ihn kennen musste, und ohne Neid oder Leidenschaft, die Lage des jungen Mannes kalt zu studieren, fand sie in ihm nichts weiter als einen leeren und verwöhnten Kerl, der zum Angeben und Ausgeben nützlich war, ohne Initiative und Nerven und … so bezahlt von seinem Typ und seiner sicheren Herkunft, dass er der Pose und dem Blitz alles opfern musste.

Das war kein Mann des Westens und konnte es auch nie sein. Alle Fasern der Umwelt, die er eingeatmet hatte, waren tot in ihm, und wenn Hamson, der trotz all seiner Fehler aggressiv, hartnäckig und dynamisch war, vertraute er darauf, dass diese eingebildete Puppe eines Tages die Leitung seines Geschäfts übernehmen und auftauchen könnte mit fliegenden Farben. der Firma, er lag mehr als falsch.

Das war natürlich nicht sein Ding. Sylvia konnte sich aussuchen, wen sie wollte und mit ihrem Herzen tun, was sie wollte, aber sie konnte nicht zugeben, dass sie ihn mit der Aggression behandelte, die sie behandelt hatte, noch über ihre Schulter blicken, wenn nichts zwischen ihnen passiert war, was dies rechtfertigte Einstellung.

Frank wusste, dass es Hamsons geduldige Arbeit war, aber es tat ihm weh, dass sie aus einem so formbaren Wachs bestand, dass er so beeindruckt war.

Nun, nun war jede Freundschaft mit der jungen Frau zerbrochen, kein Hindernis hinderte sie daran, dem Bankier die Schläge, die er ihr zuzufügen versuchte, zurückzugeben. Dies war eine unbezahlte Schuld, die er nicht vergessen wollte. Hamson hatte ihn als Feind falsch eingeschätzt, ihn für einen traurigen Rancharbeiter gehalten, der nichts anderes wollte, als das Kapital des Bankiers durch eine Heirat mit seiner Tochter zu genießen, und er würde ihm das Gegenteil beweisen. Er war ein wahrer Mann des Westens, mit den Nerven, seine Bestrebungen zu verwirklichen, und die Zeit war gekommen, die Show zu machen.

Die drei Jahre, die er außerhalb seiner Heimatstadt verbracht hatte, waren für ihn eine harte, aber reproduktive Lehre in der Lebenslehre gewesen. Im Angesicht von Gut und Böse war er den Weg gegangen, der sie begrenzte, auf der Suche nach einer Möglichkeit, ein Vermögen zu machen, das lange Zeit nicht günstig war.

Er war Arbeiter auf einigen Ranches gewesen, Viehschredder, Vertrauter eines Viehhändlers, bei dem es ihm gelang, ein paar hundert Dollar "die ersten Ersparnisse seines Lebens" zu verdienen, und später, müde von der Langsamkeit beim Sammeln Menge, die diese Energieverschwendung verdiente, beschloss sie, alles auf eine Karte zu setzen.

Die Silberminen in Nevada haben ihn verführt. Minen verstand er nicht, aber er hatte Muskeln, Zähigkeit, Kühnheit und Nerven und nutzte all seine Ersparnisse, um anständige Ausrüstung zu erwerben, und ging auf der Suche nach Nähten in die Berge.

Er hatte einen Moment der Verzweiflung, als seine Möglichkeiten erschöpft waren, bevor er ein winziges Teilchen des Edelmetalls entdeckte; bis er eines Tages an einer Stelle auf eine schwache Ader stieß, an der wenig später Silber reichlich zu fließen begann.

Die Nachricht von der Entdeckung zog eine Betreibergesellschaft an und begann, die Konzessionen zu erwerben. Es gab ein schlechtes Angebot für den Gang des armen Frank, aber Frank lehnte es entschieden ab. Er hungerte, er sollte die Ausbeutung aufgeben, aber er wollte der Firma nicht weichen. Er hatte vermutet, dass dieser seine Konzession im Herzen der bereits Erworbenen brauchte, und er wollte, dass es sich gut bezahlt machte.

Es gab einen großen Kampf, bis er, in einer Nummer eingesperrt, erkannt wurde, als er nicht mehr den Mut hatte, Widerstand zu leisten. Fünfzigtausend Dollar war seine Position, und er wollte alles oder nichts.

Als er den Scheck für die Konzession erhielt, schätzte er, dass seine Wanderungen im Westen beendet waren und eines Tages ohne Vorwarnung, ohne Eile, sich von so viel Müdigkeit auf einer sanften und angenehmen Reise durch die Region, die ihn sah, ausruhen wollte geboren. Er kehrte nach Nirvay zurück auf dem Rücken seines treuen Pferdes, das er auch in Zeiten größter Not nicht loswerden wollte.

Der Scheck wurde bei der Bank of Marsland hinterlegt, dem Endpunkt der Stagecoachnroute nach Missouri. Er hatte sich noch nicht entschieden, was er mit der Hauptstadt machen würde und wollte sie erst dann der Öffentlichkeit enthüllen, wenn die Zeit reif war. Seine Idee war, eine Ranch in der Stadt zu erwerben und seine aggressive Kampagne gegen Hamson zu beginnen. Er musste die Verletzlichkeit des vergöttlichten Bankiers untersuchen und wenn er ihn hatte, würde er seine Offensive beginnen.

Neils Vater, der seinen Sohn kannte, hatte Angst vor seinen Ausbrüchen und riet ihm, seine Nerven zu zügeln. Hamson war ein sehr einflussreicher Mann im Dorf und er konnte sie erneut aufregen, wie er es versuchte, als er genug Geschick hatte, um ihn zu beschuldigen, versucht zu haben, ihr Vieh zu stehlen.

Aber Frank antwortete lachend seinem Vater:

„Mach dir deswegen keine Sorgen. Der Westen hat mich vieles gelehrt. Ich weiß, wie man auf jedem Terrain kämpft. Wenn ich hier niemanden finde, der den Mut hat, mich mit einem Revolver in der Hand zu konfrontieren, werde ich ihn in die Tasche stecken und andere Arten von Waffen benutzen, aber das bedeutet nicht, dass sie weniger schrecklich sind.Manchmal ist es besser, mit einem Revolver in der Hand würdevoll zu sterben, als dem Tod ausgesetzt zu sein wie ein räudiges Kojote, in einem Loch stecken geblieben, verachtet von den Menschen.

"Was ist deine Idee, Frank?" Fragte der alte Mann.

„Ich weiß es noch nicht, Vater; Ich muss mich orientieren. Ich bevorzuge es, sie in dem Glauben zu haben, dass ich mittellos zurückkehre. Wenn sie wüssten, dass ich Geld habe und hier eine Ranch kaufen will, würde Hamson seinen Einfluss geltend machen, um zu verhindern, dass sie an mich verkauft wird. Ich werde warten. Ah! Wie geht es dir mit Geld?

„Wenn Sie etwas brauchen, um den Kauf abzuschließen, können Sie bis zu zehntausend Dollar haben. Der Rest wird im Lager investiert.

„Nein, ich werde es nicht brauchen. Wo hast du das Geld?

"Bei Hamson's Bank; er hatte keine andere Wahl. Nachdem er ihn nach Seneca gebracht hatte, abgesehen davon, wie ärgerlich es ist, dorthin gehen zu müssen, um die Transaktionen durchzuführen. Hamson hätte mein Geschäft boykottiert."

"Nun. Das freut mich zum Teil, weil es mir das Recht gibt, in die Bankgeschäfte dieser Kröte einzugreifen. Er handelt mit unserem Geld und das zwingt ihn zur Rechenschaft.

Franks Vater versteifte sich und fragte plötzlich:

„Und jetzt, wo Sie über Trading sprechen. Was soll mit diesem Raub passieren?

" Was meinen Sie?

„Einfach, wer verliert, was gestohlen wurde.

"Ray! Wer wird es verlieren? Hamson ...

„Glaubst du? Du kennst ihn also nicht mehr. Während deiner Abwesenheit gab es einen Raubüberfall, der immer noch nicht aufgeklärt werden konnte. Jemand konnte ein Fenster erzwingen, nachts eintreten und ein paar tausend Dollar aneignen, die der Kassierer hatte in seiner Schreibtischschublade für eine Zahlung, die er sehr früh leisten musste.

«Hamson rief die Kontoinhaber zu sich und machte ihnen klar, dass die Bank nicht über eigenes Geld verfügte, sondern über das ihr anvertraute, und da das Verschwinden zufällig war und niemandem die Schuld gegeben werden konnte, musste niemand aus seinem Geld bezahlen private Tasche die verschwunden. Die Formel bestand darin, den kleinen Prozentsatz der Zinsen für den Kapitalgeber für eine bestimmte Zeit zu senken, bis er den Diebstahl deckte.

"Höllenglöcken!" schrie Frank. Das kann nicht sein ... Wer hat gesagt, dass die Bank kein eigenes Geld hat? Handelt Hamson nicht mit den Einlagen und verwendet Geld für gewinnbringende Geschäftstransaktionen? Nein ... Er wird das nicht so tun, aber wenn er es tut, wird Nirvay mit allem, was es enthält, verbrennen. Es scheint mir, dass dies der Schwachpunkt sein wird, an dem das erste Live empfangen wird. Ich bin froh, dass Sie mich davor gewarnt haben.

Am nächsten Tag erhielt Frank eine Nachricht vom Sheriff, er solle sich in ihren Büros melden. Der junge Mann, ein wenig misstrauisch, reagierte auf den Anruf.

»Hier bin ich, Mr. Lang«, sagte er. Sag mir, worum es geht.

Der Sheriff fragte, nachdem er über die Antwort nachgedacht hatte:

"Lass uns Frank sehen, denk daran, dass ich niemandes Leistung vorbeurteile und daher deine nicht vorbeurteile, aber vergiss nicht, dass meine Mission darin besteht, alles, was passiert ist, bis zum letzten Limit zu untersuchen und wenn möglich Konsequenzen zu ziehen und einem Hinweis zu folgen wenn Platz dafür ist.

„Sehr gut, ich bestreite es nicht.

„Deshalb bitte ich Sie, sich nicht zu erhöhen und meine Fragen mit aller Aufrichtigkeit zu beantworten. Ich bin in einer schwierigen Situation und ich gebe zu, dass es wegen dir ist. Helfen Sie mir zumindest, es zu lösen.

"Um meinetwillen? Ich verstehe dich nicht...

"Nun, ich werde klar mit dir sprechen. Hamson ist wütend. Ich verstehe es, weil der Fall sein soll. Vergiss nicht, dass er einen Groll gegen dich hat für Dinge, die mir nicht wichtig sind, und dass dies und deine vorzeitige Ankunft im Dorf haben in ihm gewisse Verdächtigungen geweckt, die er versucht hat, mich zu teilen, nur weil er sie gezeugt hat.

"Weil ich Widerstand geleistet habe, hat er gedroht, mich zu beeinflussen, um mich zu ersetzen, was mir egal ist, aber es ist mir egal, dass er mir nicht vorwerfen kann, dass ich meine Pflicht nicht bis zum Äußersten erfüllt habe.

„Ich möchte dich verstehen. Worum geht es?

„Woher kommst du, als du hierhergekommen bist?

„Aus Marsland.

„Kannst du das begründen?

„Wenn nötig, zuverlässig.

„Warum bist du zu Pferd gekommen und nicht auf die Bühne? Der Weg ist sehr lang und anstrengend.

„Stimmt, aber ich hatte ein Pferd, das ich weder verkaufen noch aufgeben wollte. Auf der anderen Seite habe ich bis zum Marsland gearbeitet wie ein Elefant, ich habe Nöte und Hunger gelitten, ich habe alles in meinem Leben gehabt und als die Zeit gekommen war, mich auszuruhen, wollte ich die Reise angenehm gestalten, ruhig und friedlich. Ich sehnte mich danach, meinen Vater zu umarmen, und hatte Angst, wegen vieler intimer Dinge zu kommen.

„Vielleicht wegen der Anschuldigung des Viehdiebstahls?

„Das hat mich noch nie beunruhigt. Ich wusste es, weil mein Vater es mir geschrieben hat und wenn er seinen Brief nicht sehr weit von hier und mit großer Verspätung abgeholt hätte, wäre ich zurückgekommen, um einen Jährling mit Hörnern und allem, was er gehabt hätte, in den Mund zu legen der Zynismus, mich fälschlicherweise zu beschuldigen. Die Sache ist intimer.

"Ich vermute. Ich nehme an, Sie haben erkannt, dass die Sache gestorben ist.

„Ja, aber Hamsons Werk ist nicht gestorben.

„Lass uns das ablegen, Frank. Hamson und viele Leute fanden es zu seltsam, dass Sie genau zehn Minuten nach dem Angriff am Tatort ankamen.

"Und weil? Das gleiche könnte zehn Minuten vorher geschehen oder zur richtigen Zeit gekommen sein. Ich sage Ihnen, dass die Luft, als ich ungefähr zehn Minuten entfernt war, das Echo mehrerer Detonationen in mein Ohr brachte und von ihnen angezogen wurde. Ich galoppierte auf den Pfad zu. Als ich ankam, war der Räuber durch eine Felsspalte in Richtung Missouri durchgesickert, und auf Bitten der verängstigten Reisenden, die dachten, ich könnte ihn erreichen, versuchte ich, ihm zu folgen. Das können sie bestätigen .

„Sie haben es sicherlich bestätigt, aber es gibt diejenigen, die vermuten, dass der Räuber in Übereinstimmung mit Ihnen gehandelt hat. Dass du ihm Anweisungen gegeben hast, die Bühne auszurauben, die Route und die Gepflogenheiten zu kennen und dass du kurz darauf aufgetaucht bist, um das Alibi zu rechtfertigen. Es gibt auch diejenigen, die nicht glauben, dass Sie, ein ausgezeichneter Schütze, Ihre Schüsse aus so kurzer Entfernung verpassen könnten, und dass Sie dem Räuber gefolgt sind, ihm bei der Flucht geholfen und dafür gesorgt haben, dass die Beute gut war und Sie eines Tages es tun würden erhalten Sie Ihren Anteil.

„Ist es Hamson, der das vermutet?", fragte Frank und knirschte wütend mit den Zähnen.

„Denk darüber nach, warum soll ich es leugnen?

" Und Sie?

»So weit bin ich noch nicht gegangen, Frank. Bevor ich diesen Verdacht so gut wie möglich ausräumen kann, habe ich mich an Ihre Geschichte und die Ihres Vaters erinnert. Du warst immer ein impulsiver und schroffer Junge, aber ehrlich. Dein Vater auch. Es ist wahr, dass sich der Vorfall des Viehdiebstahls ereignete, als Sie gingen, aber ... es ging zu Hamson und Hamson hasste Sie. Warum konnte ich keinen falschen Zeugen finden, um Sie zu diskreditieren?

«Ich habe dies alles berücksichtigt, bevor ich urteile, und wollte daher Hamsons Vorschläge nicht beherzigen. Er ist sich sicher, dass sich die Dinge so entwickelt haben, wie er denkt und dass eines Tages Ihre Rolle im Geschäft ans Licht kommt.

Frank war angespannt. Er dachte, an dem Tag, an dem er bekannt gab, dass er Geld hatte, und zwar genau den Betrag, der dem gestohlenen Betrag entsprach, könnte dieser Verdacht gegen ihn verstärkt werden.

Genervt von dem Gedanken, warnte er:

„Heißt das, wenn ich jetzt Tausende von Dollar zeige, würden die Leute glauben, dass sie zu Hamsons gestohlener Tasche gehören?

„Genau, aber da ich vermute, dass du so kahl kommst, wie du gegangen bist...

„Nun, vermute es nicht, Lang. Ich habe Geld und genau den Betrag, der dem gestohlenen Betrag entspricht, aber glücklicherweise kann ich zwei Dinge beweisen. Erstens, woher es kam, und zweitens, wo es lange vor dem Angriff deponiert wurde.

"Wollen Sie es anprobieren?

„Ja, Sir, aber unter der Bedingung, dass Sie nicht merken, dass ich dieses Geld habe und es für Sie aufbewahren ... Ich habe nicht vor, es anzuzeigen, bis ich es brauche.

"Aber dann...

„Dann, wer will, beschuldige mich. Ich kann weiterhin zeigen, dass es nichts mit dem Raub zu tun hat, Siehe.

Aus seinem Portefeuille holte er den Vertrag über die Abtretung seiner Silberader für die fünfzigtausend Dollar und das Dokument, das ihm bei der Einzahlung des Geldes bei der Bank of Marsland ausgehändigt worden war.

„Befriedigt dich das?

„Wenn du kein Geld hast, ja.

"Nicht. Ich habe nichts mehr, das schwöre ich.

"Nun. Lassen Sie das vergessen. Denken Sie daran. Könnten Sie mir nicht ein paar Informationen geben, um ein Verfahren durchzuführen, das mir bei der Lösung der Angelegenheit hilft? Sie werden der erste sein, der gewinnt, Frank. Sie kennen Hamson bereits. Er ist... in der Lage, seine Theorie für die ganze Stadt zu entwickeln, und sein Wort wird immer mehr geglaubt als Ihrem.

«Es wäre eine gewalttätige Situation für Sie, wenn die Leute Sie im Zweifelsfall mit Vorbehalten zulassen und im Herzen glauben, Sie seien ein Komplize des Räubers.

„Blitz und Donner! Wenn er das mit mir macht, bringe ich ihn um.

„Nimm es ruhig. Es ist besser, deinen Fehler oder deine Verleumdung zu beweisen. Wenn du ihn tötest, ohne deine Unschuld zu beweisen, würdest du nichts erwarten.

„Welchen Beweis kann ich vorlegen, wenn ich nicht mehr habe?

„Ich weiß es nicht. Deshalb sage ich dir, dass du dein Gedächtnis zum Laufen bringen sollst.

Frank grübelte. Er verstand die Gründe des Sheriffs, der sich jetzt ehrlich und loyal zu ihm verhielt, und quälte sein Gehirn, um ihm nicht nur bei seiner Verwaltung, sondern auch zu seinem eigenen Vorteil zu helfen.

Plötzlich sprang er auf den Sitz und stand auf, rief:

„Hör zu, ich werde den Test versuchen, aber nicht jetzt. Vielleicht war es nicht nur für mich, sondern für Hamson, und ich möchte ihm überhaupt nicht nützen. Vorher möchte ich sein Spiel kennenlernen und erst wenn ich davon überzeugt bin, werde ich oder kann ich dazu beitragen. Es ist etwas sehr Unwahrscheinliches und aus dem gleichen Grund, aus dem ich scheitern kann, sage ich es Ihnen nicht. Lass ihn glauben was er will und benutze seine Zunge, wie er es für richtig hält. Eines Tages werde ich ihn dazu bringen, darauf zu beißen und sich damit zu vergiften.

„Es ist falsch, es mir nicht zu sagen, Frank. Ich zeige dir, dich wie einen Freund zu behandeln.

„Und ich weiß es zu schätzen, da Sie keine Ahnung haben, aber ich möchte kein Scheitern riskieren und Sie daran zweifeln lassen, dass es der Epilog einer Geschichte war, die bereits zu viele Flüge braucht. Wenn ich diesen Beweis erbringen kann, werden Sie der Zuerst, um es zu wissen, das verspreche ich dir.

„Nun, ich werde mich zurückziehen müssen. Das Schlimme ist, dass wir auf diese Weise nichts voranbringen können und Hamson das Feuer anheizen wird und es wird sehr eng. Ich fürchte, eines Tages werde ich wütend auf ihn sein müssen, was genauso viel wie wütend auf die Position sein wird, und wenn ich ihn lasse ... denkt er, dass er jemanden seiner Marke ernennen wird, um seine Pläne zu unterstützen, und geben dir viel zu tun.

"Ich hoffe nicht. Bleiben Sie standhaft und sagen Sie ihm, dass Sie an dem Fall arbeiten. Ich hoffe, es wird nicht viele Tage dauern, bis er ihm diesen Test macht oder ... durchfällt und dann ...

Und mit einer spöttischen Geste verließ er die Büros.

KAPITEL VI

DER KAMPF

Nachdem er das Büro des Sheriffs verlassen hatte, beschloss er, durch die Stadt zu gehen, aufzutauchen, alte Freunde zu pflegen und die öffentliche Meinung anzuzapfen. In drei Jahren Abwesenheit hätten Dinge passieren können, die er nicht wusste und wollte das Klima der Bewohner kennen, um genau zu wissen, mit welchen Möglichkeiten er rechnen konnte, als er seine Offensive gegen Hamson begann.

Er ging direkt zu Oliver Kukons Bar, dem anständigsten Lokal der Stadt, wo sich Kaufleute und Industrielle trafen, um Würfel oder Poker zu spielen und sich über die Marktlage auszutauschen oder ein bisschen über die Kleinen zu plaudern. lokale Vorfälle.

Es dämmerte, die Lichter des Lokals begannen gegen die blaue Dunkelheit, die über der staubigen Straße hing, zu leuchten, und die Kundschaft war zwar nicht sehr zahlreich, aber reichlich vorhanden.

Als er durch die Tür trat, entdeckte er mehrere bekannte Gesichter. Pat, der Barbier, der, wenn er keinen Kunden in der Hand hatte, über die Öffnung eilte, um sich die Kehle einzunässen oder auf dem Glas neben den Würfeln zu spielen; der Schmied, der seinen Betrieb bereits geschlossen hatte; Mr. Wilker, der Apotheker, unverkennbar an seiner langen, spitzen Nase und seiner Brille, die sich rebellisch bemühte, auf der Rutsche zu spielen; Jackson, der Besitzer des Kurzwarengeschäfts neben der Bar, und einige andere Kunden, die ihn jetzt, als er sie wieder zur Rede stellte, vergessen ließen, dass er seit drei Jahren abwesend war.

Er entdeckte auch zwei ehemalige Peons von Hamsons Ranch, mit denen er freundschaftlich zusammengelebt hatte, und andere, deren Umgang er weniger pflegte, die ihm aber nicht fremd waren.

Frank erwartete von allen einen herzlichen Empfang. Es war nicht so, dass er dachte, dass sie vor Rührung weinen würden, wenn sie ihn wieder unter ihnen sahen, aber er glaubte, dass seine alte Freundschaft ihm das Recht gab, von jedem einen kräftigen Händedruck und eine Weile angenehmes Gespräch zu erwarten Interesse an ihren Abenteuern. .

Seine Überraschung war groß und schmerzlich, als nach seiner überschwänglichen Begrüßung eine trockene und sanfte allgemeine Antwort und einige erzwungene Gesten kamen, um zu rechtfertigen, dass jede einzelne nicht ausdrucksvoller war.

Diejenigen, die spielten, kommentierten nervös den Fortschritt des Spiels; Die beiden Peons erhoben ihre Stimme, täuschten ein Argument vor, das es nicht gab, und so ignorierten alle Frank, der im Zentrum des Establishments stand, nicht wusste, welche Haltung er einnehmen sollte.

Die Situation war so heftig, dass er jedes der Ohren packen und wie rebellische Hasen schütteln und dann einen kräftigen Schlag hinter die Ohranhängsel ausüben wollte.

Ruhig ging er zum Tresen, stellte sich vor den Besitzer und rief:

„Guten Abend, Oliver. Was ist hier los? Sind die Leute krank oder haben die Leute den Sinn für Bildung verloren?

Oliver antwortete etwas verwirrt:

"Hallo Frank. Nein ... Es gibt keinen Kranken ... sonst ... weiß ich nicht ... Die Leute sind schon lange etwas abgelenkt. Es gibt viele Sorgen ...

Und sehr wenig Anstand. Gib mir ein Glas Whisky.

Oliver beeilte sich, ihm zu dienen, während er ihn aus den Augenwinkeln ernst ansah. Man merkte, dass auch er sich Sorgen machte und der gleichen Nervosität zum Opfer fiel, die alle plagte.

Frank nahm das Glas, nahm es mit der rechten Hand, drehte dem Tresen den Rücken zu, lehnte sich an die Selbstgefällige, und mit dem Absatz seines hohen Stiefels auf dem Tresen ruhte er mit fragendem Blick durch die Gegend.

Seine scharfen Augen beobachteten die Verwirrung, die alle beherrschte. Jeder nahm eine Haltung ein, die ihn so platzierte, dass er ihn nicht konfrontieren musste und wer dies nicht schaffte, hatte den Kopf über die Karten oder die Brille gebeugt und die Augen spähten, so als ob er beobachtete, ohne beobachtet zu werden.

Frank lächelte rätselhaft und betrachtete schweigend einen nach dem anderen. Es schien, als versuche er in ihren Gesten und Haltungen zu lesen, wie viel Verachtung sie für ihn empfanden und vielleicht den Grund, der sie zwang, es so feige zu zeigen.

Er kannte den Grund nicht, obwohl er vermutete, dass es in Hamsons Einfluss und vielleicht in seinen Theorien lag, dass er ihn in den tragischen Angriff auf Der Stagecoach von Missouri verwickeln wollte, aber er wäre dankbarer für eine Gesichtsattacke gewesen, die Unhöflichkeit einer männlichen Anschuldigung, irrtümlich oder wahr, dass diese unanständig und das Fehlen jeglicher Männlichkeit.

Plötzlich fühlte er sich kraus. Es waren nicht sie, sondern er, die sich in einer gekränkten Lage befanden, und von einem Wutanfall ergriffen, ergriff er das Glas, das er mit seinen sehnigen Fingern hielt, und schlug es wütend auf den Boden, während er schrie:

„Nun, meine Herren, ich warte auf eine Erklärung!

Eine tödliche Stille folgte dem gedämpften Krachen des Glases gegen die Plattform des Bodens. Das Spiel wurde unterbrochen, die Trinker ließen ihre Gläser sanft auf den Tischplatten, um keinen Lärm zu machen, und Dutzende von Augen, in denen sich Staunen spiegelte, sahen sich fragend an, um nicht über Franks feuriges und feuriges zu stolpern .

Letzterer, der bemerkte, dass niemand seine Frage beantwortete, näherte sich kalt und sagte:

„Ich warte auf eine Antwort, meine Herren.

James Lawson, der Besitzer eines Sägewerks, vielleicht der unhöflichste und am wenigsten ängstliche von allen, glaubte sich direkter angesprochen zu haben, als er bemerkte, dass Franks Blicke auf ihn gerichtet waren und sich aufrichteten, rief er aus:

„Du meinst etwas Bestimmtes, Frank?

Er lächelte ausweichend und antwortete:

„Nun, Gott sei Dank gibt es sogar einen, der sich als weniger feige erweist als die anderen. In der Tat, Mr. Lawson, beziehe ich mich auf etwas Bestimmtes: Ich bin seit drei Jahren von hier weg; Ich bin in offener Freundschaft mit allen oder fast allen Anwesenden gegangen, und jetzt, wenn ich zurückkomme und dich wieder treffe, finde ich, anstatt die Wärme der Freundschaft wiederzufinden, die ich bei meiner Abreise verlassen habe, wie mit Engagement und sogar... mit Ekel. Ich glaube, ich habe das Recht, sie nach dem Grund zu fragen, auch wenn es mir später egal ist, warum.

Lawson antwortete auf schwer fassbare Weise:

„Ich glaube nicht, dass man von Menschen erwarten kann, dass sie eine ewige Freundschaft pflegen, wenn sie der Meinung sind, dass es ihnen nicht bequem ist.

„In der Tat, ich tue es weder vor noch begehre ich es, wenn es nicht aus dem Herzen kommt, aber ich fühle mich verpflichtet, den, der bis gestern mein Freund war, zu fragen, warum er aufgehört hat, ein Freund zu sein, wenn es dafür keinen Grund gab.

„Glaubst du, das gab es nicht? Frank, du kennst uns alle. Obwohl ich in diesem Moment für mich spreche, glaube ich, dass ich die Gefühle anderer interpretiere. Wir waren immer herzlich in unseren Freundschaften, aber als jemand aufhörte, es zu verdienen, Wir haben nicht versucht, es abzuschießen, es genügt, es einfach nicht mehr zu kultivieren, Sie glauben, dass es keinen Grund gibt, und wir glauben, dass es einen gibt ... zumindest bis Sie uns aus dem Irrtum fallen lassen.

„Als Sie gingen, gab es konkrete Vorwürfe gegen Sie. Vielleicht waren sie nicht so spezifisch, dass sie es verdient hätten, alle Sheriffs des Westens zu mobilisieren, um Sie hierher zu bringen, um für sie zu antworten, aber Sie wurden sehr gefragt, und jetzt, wenn Sie nach einiger Zeit zurückkehren, kommen Sie nicht nur nicht, um das auszulöschen , aber du siehst dich in einer so dunklen Angelegenheit gemischt.

«Auch in diesem Fall gibt es keine Beweise gegen Sie, aber Sie haben auch nicht wie das Sonnenlicht klargestellt, dass es keinen Verdacht geben kann. Jeder hat seine Anfälligkeit und wenn er glaubt, dass eine Person nicht die moralischen Bedingungen erfüllt, die sie für fair halten, um ihre Freundschaft zu pflegen, verlassen sie sie und ... das ist alles.

Es gab einen Moment ungeheurer Vorfreude unter den Stammgästen des Establishments, als sie hörten, wie sich der alte Säger mit dieser groben, aber vernünftigen Entschlossenheit äußerte, gegen die kein Raum für Gewaltausbrüche war.

Frank hörte ihm durch zusammengebissene Zähne zu, seine Augen fest auf ihren gerichtet. Er nahm den bitteren Löffel mit möglichst viel Schleim entgegen, obwohl in seiner Brust eine Wut brannte, nicht gegen den Gesprächspartner, sondern gegen den, der das Feuer des Misstrauens und der Verachtung entzündet hatte.

Als Lawson seine Rede beendet hatte, antwortete Frank ruhig:

»Vielen Dank für Ihre Offenheit, Mr. Lawson. Ich möchte die Gründe zugeben, die Sie mir nennen, um Ihre Haltung zu rechtfertigen, die die aller Anwesenden und vielleicht die derjenigen ist, die es nicht sind. Nun, ich kann im Moment keinem Grund etwas entgegensetzen, aber Sie vergessen, dass mein Feind trotz seines alten Hasses nichts entgegensetzen konnte, was seine Rache befriedigen und Sie dazu bringen könnte, dies zu glauben. Ich weiß, woher der Schlag kommt, und ich passe wie ein perfekter Kämpfer an, der ich bin.

«Ich kann Ihnen Ihre kindliche Leichtgläubigkeit nicht verdenken, und noch mehr, weil Sie meine Geschichte und die meiner Familie vergessen und mir zu unehrenhaften Taten geglaubt haben und mich mit Zynismus vor Ihnen präsentiert haben. Dort ihr Gewissen zum Zeitpunkt der Erkenntnis, gegenseitige Rechenschaft über ihre Fehler. Ich für meinen Teil sage nur, dass ich diese unverdiente Verachtung nicht berücksichtige. Es bleiben noch viele Tage des Kampfes, viele Dinge zu klären und viele Dinge zu wissen, aber ich werde dir sagen, dass an dem Tag die Dinge klar werden und sie geklärt werden, weil ich der Erste bin, der sich dafür interessiert, komm nicht zu entschuldige mich bei mir. Bei Judas, tu es nicht, denn der Erste, der dazu kommt, werde ich fünf Kugeln in ihn schießen, weil er dumm ist!

«Ich bin froh, dass diese Situation eingetreten ist, denn sie erspart mir neue Erröten, von denen ich nicht weiß, wie ich passen könnte, aber höre dies: Ich bin gekommen, um zu kämpfen, und ich werde kämpfen. Sie haben sich von dem beherrschen lassen, der Sie ausbeutet und Ihre Kriterien auferlegt, und der Tag wird kommen, an dem Sie Ihr Schafsverhalten erkennen werden. Ich bin ein freier Mann, der keine Bevormundung zugibt, und ich werde sie abschütteln. Wir werden lustige Zeiten in dieser Stadt haben und ich werde nicht die Geringste lachen, wenn sie auftreten. Vielen Dank, Mr. Lawson, für Ihre Ehrlichkeit.

"Wir werden die Gelegenheit haben, das Thema noch einmal zu diskutieren, aber wenn ich derjenige bin, der sie demütigen muss, wie sie versucht haben, mich zu demütigen, über sie tragischere und vor allem realere Dinge zu lachen als diese dummen Anschuldigungen.

Er drehte sich zum Tresen, warf ein paar Münzen auf die Dose und drehte sich um, bereit, die Bar zu verlassen, gefolgt von den flüchtigen Blicken aller Anwesenden.

Die Worte des jungen Mannes hatten sie verwirrt und verlegen gemacht. In ihnen lag Zurückhaltung und Akzeptanz, aber auch verdeckte Festigkeit und Aggressivität, so etwas wie eine verborgene Faser von Selbstvertrauen und Selbstsicherheit, die ihn dazu brachte, die unbestätigten Gerüchte, die ihm zugeschrieben wurden, zu verachten.

Einen Moment lang sahen sie sich alle verwirrt an, als ob sie sich fragten, ob es wirklich richtig gewesen war, sich so mit ihm zu benehmen, oder ob sie im Gegenteil eine der größten und unverzeihlichsten Abscheulichkeiten seines Lebens begangen hatten.

Aber es gab keine Abhilfe mehr. Die Freundschaft war zerbrochen und nach Franks Warnung hatte er keine Gelassenheit mehr.

Als Frank die Tür erreichte, wurde eine Gestalt dazwischengeschaltet, die ihn zwang, ein paar Schritte zurückzutreten. Es war Dennis, und Frank stellte trotz seiner Wut fest, dass er betrunken war.

Dennis war nicht gerade betrunken, aber er litt unter der Aufregung des Alkohols.

Hamsons harte Worte, Sylvias kalte und ein wenig verächtliche Haltung und ein wenig Bewusstsein, dass er nach dem Vorfall bei der Post in einer falschen Position war, zwangen ihn, die erlittene Empörung auszulöschen und, wie er wusste, weniger riskant und entschlossen als Als sein Rivale entschied er sich, seinen Wert in dem falschen und vergänglichen Mut zu erhöhen, den Alkohol verleiht.

Dennis hatte in einigen der örtlichen Tavernen, die er nach Frank gesucht hatte, mehr als nötig getrunken, und als er seinen Magen mit Alkohol füllte, füllte sich sein Kopf mit aggressiven Dämpfen, und seine Worte nahmen gewalttätige und aggressive Töne an.

Wo immer er vorbeikam, prahlte er damit, dass er den ganzen Nachmittag nach Frank gesucht hatte, um ihn mit den Fäusten aufzulösen, bis jemand, der den jungen Mann gesehen hatte, Olivers Bar betreten hatte, ihm sagte:

„Wenn du ihn wirklich treffen willst, musst du nicht lange laufen. Ich habe ihn vor einiger Zeit in Kukons Bar kommen sehen. Dort werden Sie sicher fündig.

„Danke", murmelte Dennis. Ich werde sehen, ob es wahr ist oder ob er weiß, dass ich ihn suche und er wie Ameisen in einem Loch versteckt ist.

Und mit einem zögernden Schritt ging er zur Bar.

Als Frank ihn sah, vermutete er, dass er mit einem Verlangen nach Rache kam und lächelte ausdrucksvoll. Angesichts seines Geisteszustandes hätte er keinen günstigeren Zeitpunkt dafür wählen können.

Sie starrte ihn teilnahmslos an, und Dennis trat einen Schritt vor und rief heiser:

„Was ist los mit dir, Frank? Du scheinst mich anzuschauen, als hättest du Angst vor mir. Zweifellos denkst du, dass du mich jetzt nicht so überrumpeln kannst wie neulich, und du bist dir nicht sicher, so erfolgreich zu sein wie damals.

Alle sahen Dennis erstaunt an. Sie hielten ihn nicht für einen Kämpfer, geschweige denn, um Frank herauszufordern, und ein Gefühl krankhafter Neugier überkam sie.

Frank antwortete verächtlich:

„Hör zu, Dennis. Ich bin ein Mann, der von niemandem Angst hatte, schon gar nicht von einem nutzlosen und schlaksigen Typen wie dir Minderwertigkeit, um dir eine schwere Strafe zu geben.

„Wenn du wirklich auf Rache bedacht bist, und ich kümmere mich darum, weil du vor dieser Hamson-Kröte und weniger vor Sylvia nicht sehr anmutig sein solltest, schlafe die Trunkenheit und wenn du bei Verstand bist und misst" deinen Wert ohne falsche Prahlerei, du wirst mich zur Rache zu deiner Verfügung haben.

Dennis lachte heiser und sagte:

„Das riecht mir unheimlich, Frank! Neulich war ich gelassen, wie Sie sagen, und Sie haben keine Zeit mit Reden verschwendet. Für alle Fälle hast du dich selbst überholt. Ich bestreite nicht, dass ich ein paar Drinks getrunken habe, aber es war nicht, um Mut zu machen, sondern um sich nicht zu langweilen, wenn ich vergeblich suche.

Frank antwortete ungeduldig:

„Okay, ich wollte alle Augen davor bewahren, dass mich wieder jemand fälschlicherweise beschuldigt. Wenn Sie denken, dass Sie kampffähig sind, stehe ich Ihnen zur Verfügung.

"Also fälschlicherweise, nicht wahr?" Dennis grummelte und grinste dumm. Wollen Sie leugnen, dass Sie mit Ihrem Partner zusammen waren und Hamsons Beute geteilt haben? Und denkst du, Leute ...?

Frank, verärgert über die Wiederholung, ihn des Raubes zu beschuldigen, an dem er nicht beteiligt war, konnte den Wutimpuls, der ihn beherrschte, nicht zurückhalten und streckte fulminant die Faust und legte sie auf den immer noch zarten Mund von Dennis , was ihn zu einem schrecklichen Schmerzensschrei zwang.

„Dummes Aas! Sohn eines Wolfes! "Gebrüllter Frank." Korrigieren Sie diese Verleumdung, die Sie gerade ausstoßen, oder bei Judas, ich schwöre, ich schlage Ihnen den Mund aus! Tu es, Dennis, tu es oder ich vernichte dich! '

Dennis, wütend über den Schlag und ermutigt durch die Sturheit des Alkohols, hob die Hand zum Mund, zog sie voller Blut zurück und seine Augen röteten sich vor Zorn, platzte er heraus:

„Ich korrigiere nichts, verdammt noch mal, du dreckiger Wegelagerer! Schlag zu, wenn du kannst, aber ich werde dich für immer rückgängig machen und du wirst nie wieder mein Albtraum sein. Du bist gekommen, um Sylvia von mir zu stehlen, und du wirst es nicht schaffen.

Dennis, erhaben, bewegt, auf der Suche nach einer Möglichkeit, seine Faust auf Franks Gesicht zu legen, aber Frank, kalt und gelassen, wich ihm leicht aus und erwiderte die Schläge in bar brüllend:

„Korrigiere, Dennis, berichtige oder ich blase dir den Mund weg! ...

Dennis ertrug die Schläge auf die Zähne, ertrug den Schmerz der schrecklichen Fäuste, und er schlug wütend, um richtig zu antworten, während er grunzte:

"Nein! ... ich korrigiere nicht! Gunman! Räuber!...

Bei jeder Beleidigung übte Frank, immer noch verrückter, seine schrecklichen Schläge aus und das Gesicht seines Rivalen war etwas, das er auferlegte, ohne dass Dennis den Schmerz zu bemerken schien.

Plötzlich fühlte er sich in der Brust getroffen, beugte sich brüllend wie ein Tiger nach vorne und lehnte sich für einen Moment schmerzhaft unentschlossen zurück, mit rötlichen Augen und zwei schrecklichen lila Kreisen um sie herum, dann sank seine rechte Hand in seine Jackentasche und in seine Hand , tauchte ein riesiges Messer auf, das für einen Moment unheimlich glitzerte und dann heftig nach Franks Brust suchte, ohne Dennis, als er die sterbliche Reise antrat und sich um die brutalen Schläge kümmerte, die er erhielt.

Frank, der die schreckliche Gefahr erkannte, in der er sich befand, sprang abrupt zurück, um dem Sterblichen zu entgehen, da er im Begriff war auszurutschen, aber mit einer starken Verstauchung richtete er sich auf und streckte den Arm.

Seine Geschicklichkeit schaffte es, Dennis' heftig schwingendes Messer zu fassen, und mit seinen kultivierten Kräften parierte er nicht nur den Schlag, sondern verdrehte Dennis' Arm so, dass der Bauer sich wie ein Weinrebentrieb auf die Knie beugte.

Frank drückte ihn weiter zu Boden, und als er ihn wehrlos niederhalten ließ, beugte er seinen Arm und begann langsam, die abscheuliche Leistung genießend, Dennis' Arm zu beugen, bis die Messerspitze seine Kehle bedrohte.

Ein kollektiver Schreckensschrei erhob sich aus den Kehlen aller Anwesenden. Sie verstanden, dass Frank von Dennis herausgefordert worden war und dass Dennis das Messer hinterhältig geführt und alle sportlichen Regeln im Kampf vermieden hatte, aber seine körperliche Unterlegenheit war so offensichtlich, dass dieses Ende mehr als das Ergebnis einer Anstrengung im Kampf war kaltblütiger Mord.

Lawson war es, der sich ungestüm erhob und brüllte: '

„Frank, nein, zum Teufel! Das ist nicht edel!

Frank zögerte einen Moment; Er sah Lawson auf besondere Weise an und drückte Dennis wütend auf den Unterarm, was ihn zwang, das Messer fallen zu lassen.

Er nahm es mit der anderen Hand und stand auf, verschränkte die Arme vor seinem Feind, der halb zerstört am Boden blieb, ohne die Kraft zum Aufstehen.

Dann rief er in ablehnendem Ton aus:

„Dennis, du bist ein Idiot, der nach Diktat denkt. Ich muss dich für einen Schwachkopf getötet haben, und wenn nicht, dann deshalb, weil ich weiß, dass nicht du es warst, sondern der Whisky, der dich dazu gebracht hat, mich herauszufordern. Geh weg, geh weg und stell dich nie wieder vor mich, wenn du nicht willst, dass ich dich wirklich rückgängig mache.

„Eines Tages werden wir über diese Beleidigungen sprechen und sowohl Sie als auch dieses Schwein Hamson werden mir den Schaden zahlen, den Sie mir zufügen wollen.

Dennis stand unbewusst auf und kroch gedemütigter denn je zur Tür und verschwand von der Bar.

Frank steckte das Messer weg und war, die Kunden böse anstarrend, ebenfalls abwesend. Er hatte ihnen seine Ritterlichkeit bewiesen, indem er Dennis nicht getötet hatte, wie es ihm recht war. Es war ihm egal, was sie von seiner Aktion hielten.

Zwar war er im Anfall der Wut im Begriff gewesen, nicht aufzuhören, als er den Arm seines Rivalen beugte, aber ein Gefühl von Adel hatte ihn zurückgehalten.

Eine Sache diente der Wut als Linderung. Stellen Sie sich die Essiggeste vor, die Hamson machen würde, wenn er das Ende des Abenteuers erfuhr, und die

Verbitterung und der Bosheit, die Sylvia erleiden würde, wenn sie das neue Versagen ihres dummen Verlobten erfuhr.

Aber das befriedigte Frank nicht ganz. Sein Selbstwertgefühl, seine Würde und seine Ehrlichkeit waren verletzt und in Frage gestellt. Offensichtlich hatten sie es ihm an der Bar bekannt gegeben, und obwohl sein Gewissen rein war, konnte er die Bitterkeit nicht vermeiden, sich so ungerechterweise Hamsons Bösartigkeit und Haß angeklagt zu haben.

Aber jeder wäre an der Reihe. Dennis hatte schon einen Teil davon gehabt, dann wäre der gottesfürchtige Bankier an der Reihe, den er viel niedriger demütigen musste, als er ihn zu demütigen versucht hatte, und dann ...

Er empfand Sylvia gegenüber keinen Hass, sondern eher Bosheit für ihre Redseligkeit, aber er verspürte den Drang, ihr eine tiefgründige Lektion zu erteilen, damit sie erkennen würde, dass sie in ihrer törichten Eitelkeit das Schlimmste gewählt hatte und nicht nur ihr Glück verachtete , sondern fühlt sich auch geschützt. für einen ganzen und ehrlichen Mann, wie er war.

KAPITEL VII

DIE ÜBERRASCHUNG DER RETTUNG

Nachts konnte Frank nicht einschlafen. Er war von der Gewalt der Situation gequält und fragte sich, was er versuchen könnte, um eine Lösung dafür zu finden. Plötzlich kam ihm die Episode der Flucht des Gesetzlosen in den Sinn. Die Ledertasche, die durch den im schlammigen Missouri-Strom versenkten Riemen gespalten war, blühte in seiner Vorstellung wieder auf, und obwohl er von seiner Idee nicht sehr überzeugt war, plante er, am nächsten Morgen zum Fluss zu gehen und in der wahnsinnigen Hoffnung auf in der Lage zu sein, die Tasche zu lokalisieren.

Sie sollte nicht zu viel Vertrauen haben, ihn zu finden. Der Fluss, der die Quellschwemme mitschleppte, führte damals viel Wasser und hätte es Gott weiß wohin schleppen können.

Es hing alles von seinem Gewicht ab. Wenn das meiste Geld aus Papier bestand, hätte der Sack der Kraft des Wassers nicht widerstehen können und sich wie ein Baumstamm ziehen lassen; aber wenn der größte Teil des Inhalts aus Gold bestand, hätte es vielleicht sein übermäßiges Gewicht im Schlamm des Flusses versenkt, wo es mit mehr oder weniger Geduld gefunden werden konnte.

Er war verärgert über die Vorstellung, dass er es war, der Hamson das Geld zurückgab. Entgegen allem, was er behauptete, sollte der Verlust auf ihn zurückfallen, aber in Ermangelung eines besseren Beweises für seine Unschuld könnte ihn das von der ungerechten Kahlheit befreien, die ihn belastete.

Sobald die Morgendämmerung anbrach, bestieg er sein Pferd und steuerte unbemerkt auf den Fluss zu. Ein morgendliches Bad würde nicht schaden, auch wenn er nicht finden würde, wonach er suchte.

Als er endlich das Ufer des Missouri erreichte, hörte er auf, das Gelände zu studieren. Er darf nicht die Orientierung verlieren und den nächsten Fluchtort suchen, sonst würde er seine Zeit kläglich verschwenden.

Endlich erinnerte er sich an ein Detail, das ihn sicher leiten würde. Als der Rappe seine Beine am weichen Ufer festhielt, hatte Frank unbewusst einen Baum mit verdrehten Ästen bemerkt, dessen Stamm, sehr niedrig, sich auf etwa 1,50 m spaltete und zwei gegabelte Arme bildete, die sich gerade erhoben.

Bald entdeckte er den Baum und jubelte, zog sich aus und sprang ins Wasser.

Die Strömung war nicht sehr stark. Der Missouri hatte turbulente Zeiten und Zeiten, in denen er harmlos war und obwohl seine Strömung noch nicht im

Hochsommer halb ausgetrocknet war, sollte der Wasserfluss einen Schwimmer wie ihn nicht erschrecken.

Das einzige, was ihn störte, war, diese schmutzige und schlammige Flüssigkeit zu schlucken, die die von den Ufern gerissene Erde und die Gräser und Äste, die in ihrem Busen in den Bach fielen, zerrte, aber er konnte es nicht vermeiden und ohne zu zögern machte er seinen Verstand auf.

Er schwamm zum gegenüberliegenden Ufer und als er sich vor dem Baum befand, sank er anmutig auf der Suche nach dem Grund. In diesem Teil fand er ihn kaum zwei Meter entfernt, und er bewegte sich wie ein Fisch, tauchte seine Hände in den Schlamm und tastete ängstlich nach dem Ledersack.

Wenn seine zusammengezogenen Lungen es nicht mehr aushielten, stieg er mit einem Absatz an die Oberfläche, um Luft zu holen, und wieder stürzte er sich entschlossen, bereit, sein Projekt nicht aufzugeben, bis er überzeugt war, dass die Tasche tatsächlich konnte sich nicht in einem Raum von drei oder vier Metern in Bezug auf den Ort aufhalten, an dem er ihn fallen sah. Es war hartnäckige Arbeit, die eine halbe Stunde Zeit in Anspruch nahm. Alle paar Minuten kam er schnaufend wie ein Seehund aus dem Wasser, sein Gesicht und seine Hände waren schlammig, aber sobald seine Lungen wieder normal waren, warf er sich wieder auf den Grund, bereit, sich der Weigerung nicht zu unterwerfen.

Bis ihn schließlich die Verzweiflung überkam und er bereit war, die anstrengende Aufgabe aufzugeben, seine Hände über einen Gegenstand stolperten, den er eifrig ergriff, denn die Luft strömte schon aus und erhob sich mit einem kräftigen Schlage .

Ein Triumphschrei entrang sich seiner Brust, als er den begehrten Sack zwischen der Schlammschicht, die ihn bedeckte, erkannte und mit ihm schwimmend das Ufer erreichte, wo er sein Pferd verlassen hatte, schon recht gut von seinem verdrehten Bein.

Er legte es auf den Boden, setzte sich in die Sonne, schnappte nach Luft, und als er sich einigermaßen ausgeruht fühlte, tauchte er den Beutel in den Bach, bis er von allem Schmutz befreit war, der ihn entstellte.

Dann untersuchte er ihn sorgfältig. Die Jacke mit den Initialen WM und dem Namen „Banco Ganadero Nirvay" ließ keinen Zweifel.

Die Mündung wurde mit einem feinen, aber widerstandsfähigen Draht hermetisch verschlossen, und die Enden des Drahtes schienen verloren in einer zerquetschten Plombe, die jegliche Verletzung des Inhalts verhinderte.

Was das Gewicht angeht, war es zwar nicht übermäßig, aber ziemlich schwer. Es musste mindestens drei- oder viertausend Dollar in Gold und den Rest in Papier enthalten.

Frank freute sich über den Fund und fragte sich, was er mit der Tasche machen sollte.

Jetzt tat es ihm leid, dass er das Detail nicht genannt hatte, als der Sheriff ihn befragte. Es war als persönliches Geheimnis gehütet worden, und wenn er es jetzt zurückgab, zu welchen Kommentaren könnte die Rückgabe führen?

Möglicherweise würden sie urteilen, dass er nach dem Raubüberfall Buße getan habe und dass er auf Kosten der Rückgabe der Tasche und ihres Inhalts versucht habe zu vermeiden, dass sie ihn bei späteren Ermittlungen umfassender beschuldigen und ins Gefängnis bringen könnten, und wer weiß, ob? er wurde gehängt.

Seine Situation war jetzt schlimmer als zuvor. Er hatte den Beweis des Verbrechens, nur er wusste es und hatte den gestohlenen Betrag in seinem Besitz.

Ein Hauch von Zweifel bedeckte seine Augen. Er fragte sich, ob es nicht besser wäre, den Sack wieder in die Strömung zu tauchen, nicht am Ufer, sondern in der Mitte, wo ihn niemand finden konnte. Es wäre Kapital, das für immer verloren wäre, aber es würde seine ohnehin komplizierte Situation nicht weiter verkomplizieren.

Nach einem Moment qualvoller Unsicherheit beschloss er, den Sack loszuwerden, der seine Finger wie eine brennende Glut verbrannte. Es war besser, die Dinge so zu belassen, wie sie waren, und sie nicht selbst zu komplizieren.

Wenn der Gesetzlose seinen Sack verloren hatte, schade für ihn … aber warum, wenn er den Verlust erkannte, hatte er nicht versucht, was er hatte, und war zurückgekommen, um danach zu suchen?

Da er sich wegen des Diebstahls des verdammten Sacks so viel aussetzte, hätte er zumindest sein Lösegeld versuchen können. Das verkomplizierte nur seine widersprüchlichen Gedanken.

Es gab Details, die sich nicht reimten und es wurde nicht erklärt, warum.

Der Geist der Unerwünschten war aus Mangel an Bildung und Übung nicht sehr feinsinnig.

Sie haben aus Gier oder Not ein Verbrechen begangen und kein Detail oder Gefahr hat sie davon abgehalten, dass sie nicht in der Lage waren, mit einem Revolver in der Hand zurückzukehren, und wenn ja, wurde nicht erklärt, dass sie nicht zurückgekehrt waren Suche nach dem Schatz, obwohl er es vielleicht nicht getan hätte, aus Angst, dass sein Verfolger, der bemerkte, dass der Sack ins Wasser gefallen war, versuchen würde, ihn als Köder gegen ihn zu verwenden, wenn er zurückkehrte, um ihn zu suchen.

Er war entschlossen, es in den Fluss zurückzugeben, als er es tief in die Hand nahm, Druck darauf ausübte und für einen Moment suspendiert wurde. Touch hatte ihm etwas sehr Unbestimmtes erzählt, aber gerade genug, um die Aktion zu stoppen.

Was war es gewesen? Frank konzentrierte sich auf sich selbst und drängte erneut, um zu klären, worum es ging.

Er erkannte es bald. Über dem Körper hatte er etwas Hartes eingekerkert, "zweifellos die Patronen mit Goldmünzen", aber die Berührung rebellierte, um es zu akzeptieren. Die Form dieser Patronen schien in einer solchen Münzklasse nicht die übliche zu sein.

Fieberhaft tastete er weiter in alle Richtungen, und je mehr er an den harten Gegenständen herumfummelte, die der mysteriöse Sack enthielt, desto mehr war er überzeugt, dass es sich nicht um gepackte Münzkassetten, nicht einmal um Kleingeld handelte. Es war etwas anderes, das er nicht analysieren konnte.

Und ein subtiler Verdacht ersetzte den Zweifel. Es wurde gesagt, dass es viele seltsame Details gab, die dieses Ereignis umgeben, und dort wurde ihm eines gezeigt, das seiner Meinung nach das Rätsel des Geschehenen verstärkte.

Mit seiner Ungestüm griff er nach dem Messer und legte es auf das Leder, um es zu zerreißen. Er musste aus dem Zweifel kommen und er war kein Mann, der die Nerven hatte, eine Situation zu verlassen, in der er ein Geheimnis klären konnte.

Aber der Schwung wich einem Aufruf des gesunden Menschenverstands. In dem Moment, als er den Sack auf eigene Rechnung und ohne Zeugen öffnete, hatte nichts, was später passieren konnte, einen Wert. Alles konnte das Produkt seines Erfindungsreichtums sein und es war nicht etwas, das ihm passte.

Die beste Maßnahme war, Lang im Galopp zu suchen, ihm über alles Rechenschaft abzulegen und ihm den Sack in die Hand zu nehmen, ihn als Zeugen zu öffnen, um ihn zu öffnen.

Vielleicht würde der Sheriff dies ablehnen, in diesem Fall würde er nicht zimperlich sein und ihn vor sich aufschlitzen und sich dann auf seine Aussage berufen.

Ohne weiteres Zögern zog er sich an, bestieg sein Pferd, versteckte den Sack und ging ins Dorf.

Als er in Langs Büro ankam, war Lang damit beschäftigt, verschiedene Mitteilungen zu überprüfen, die er von Sheriffs in den Städten erhalten hatte, die sich auf beide Divisionen erstreckten. Niemand hatte einen Fremden auf einem schwarzen Pferd gesehen, da es für sie nicht leicht war, ihn zu sehen, wenn er diesen Weg überquert hätte.

Als er Frank mit einer normalen Beule unter seiner Jacke entdeckte, fragte er:

Was ist, Frank? Was zum Teufel versteckst du so geheimnisvoll unter deiner Jacke?

"Nun ... ich weiß nicht, wie ich es qualifizieren soll, aber Sie werden sofort urteilen, wenn ich Ihnen etwas erzähle, das ich neulich ausschließlich behalten habe, weil ich dachte, es sei eine triviale Sache, die wie etwas aus einem Roman zu erzählen scheint Sie werden sich erinnern, dass ich versuchen wollte, Beweise zu meinen Gunsten zu finden.Nun, ich habe sie gefunden und komme, um sie Ihnen zu bringen.

Er öffnete seine Jacke und zeigte den überraschten Augen des Sheriffs die Lederjacke.

Als Lang erkannte, worum es ging, rief er aus:

„Für hunderttausend, Frank! Wo hast du das versteckt?

Frank antwortete lächelnd:

»Sieh mich nicht so an, Lang. Er hatte es nirgendwo versteckt. Ich kam, als ich ihn von seinem Sturz gerettet hatte, und ich brauchte eine halbe Stunde, um etwas Schlamm zu schlucken, um ihn zu finden.

Und kurz und bündig erzählte er ihr das Detail des Verlustes der verstummten Lederjacke, fast sicher, dass die Strömung sie weggetragen hatte.

Der Sheriff nahm den Sack und untersuchte den Riemen sorgfältig. Tatsächlich war es auf eine eigentümliche Weise gespalten und er zögerte nicht zuzugeben, dass die Kugel das Leder gespalten haben könnte.

"Nun, Junge", sagte er, "das kann für dich entscheidend sein ... Ich bestreite nicht, dass jemand den Wahrheitsgehalt des Ergebnisses in Frage stellen wird, es ist ein bisschen fantastisch, aber die Realität ist, dass Hamson seine fünfzigtausend Dollar zurückbekommt, obwohl mit es, der arme Jasper wird nicht wieder lebendig.

"Was ist deine Idee?" Fragte Frank.

„Rufen Sie Hamson an, geben Sie ihm den Sack und erzählen Sie ihm, wie Sie ihn gerettet haben.

"Ich weigere mich überhaupt", antwortete der junge Mann fest. Hamson wird diesen Sack nicht sehen ... zumindest bis wir seinen Inhalt geöffnet und untersucht haben.

"Bist du verrückt?" Fragte der Sheriff. Wir sind nicht die Richtigen dafür. Die Tasche hat das Siegel intakt und muss daher an ihren Besitzer zurückgegeben werden.

„Ihn zwingen, es in seiner Gegenwart zu öffnen?

„Warum, wenn Sie nicht wollen? Sobald Sie die Tasche als Ihre erkennen und sich auch damit zufrieden geben, dass sie unversehrt erscheint, müssen wir Sie nicht zwingen, uns den Inhalt zu zeigen. Das liegt an ihm und ihm Unternehmen.

„Meinst du? Nun, nicht ich.

„Weil es verursacht?

„Für einen ganz einfachen. Haben Sie schon einmal Patronen mit Goldmünzen in der Hand gehabt?

„Nicht viele, aber manchmal ja. Ich war Ranchvorarbeiter und habe im Auftrag meines Arbeitgebers viel Geld abgewickelt.

„Man muss also durch Anfassen erkennen, was eine Münzkassette ist und was nicht.

"Natürlich.

„Nun, fühlen Sie bitte sorgfältig nach den harten Gegenständen, die die Tasche enthält, und sagen Sie mir, ob es sich um Münzpatronen handeln könnte.

Der faszinierte Sheriff gehorchte dem Vorschlag des jungen Mannes und nachdem er unzählige Male das Leder abgetastet und sondiert hatte, murmelte er leise:

„Verdammt, du bringst mich zum Staunen, Frank! Nein, ich kann nicht sagen, dass sie für mich wie Münzpatronen aussehen!

„Nun, wenn sie es wirklich nicht sind, was zum Teufel ist in diesem verdammten Sack?

„Ich weiß nicht, Frank… ich schwöre, ich bin desorientiert.

„Ich nicht, obwohl ich vielleicht schlau bin. Hör dir das an; Hamson hat posaunt, dass der Sack fünfzigtausend Dollar in Gold und Papier enthalte, wenn er sie nicht enthält, was passiert dann?

„Hell's Bells! Wo wirst du aufhören?

„Einfach, weil es dann ein Betrugsdelikt ist.

„Für hunderttausend Paar Kuhhörner, Frank! Willst du mich verrückt machen?

"Nicht. Ich möchte die Dinge klarstellen. Entweder es enthält, was Hamson gesagt hat, oder nicht. Wenn es Gold ist, außer in Nuggets, kann nicht zugegeben werden, dass es anders ist, und wenn nicht … dann die Die Möglichkeiten, die sich Ihnen als Sheriff eröffnen, sind enorm, denn in einem solchen Fall geht es nicht nur um ein Betrugsdelikt, sondern um etwas Tragischeres.

"Ich verstehe nicht.

„Sie werden mich verstehen. Wenn die Tasche an einem Zielort ankam, in dem etwas nicht deklariert war, musste jemand die Schuld für eine Änderung auf sich nehmen und … es konnte nicht mehr als der arme Jasper sein und wenn Sie nicht das Risiko eingehen wollten, dass die Tasche ankommt mit dem, was es enthält, um in diesem Fall viele Komplikationen zu vermeiden … der Interessent selbst weiß viel mehr als ich über den Überfall auf Der Stagecoach und den Tod von Jasper.

«Aus diesem Grund wollte ich die Tüte nicht anfassen, aber sie lag vor Ihnen und weigere mich, sie ungeöffnet zurückzugeben. Ich und mit dir muss ich genau wissen, was es enthält.

„Wir können ihn zwingen, es in unserer Gegenwart zu öffnen … ich werde ihn zwingen.

„Und du könntest alles verderben. Er wird es tun und sagen, dass diese Tasche nicht die ist, die er geschickt hat, dass jemand eine Tasche von der Bank beschlagnahmt und geändert hat. Außerdem kann er, wenn es um mich geht, bestätigen, dass ich der Autor des schweren Witzes war, und wir können ihm nichts beweisen, dass es illegal ist.

„Aber Frank… welches Interesse hätte er daran, so etwas zu tun? Er ist für den Geldverlust verantwortlich und gibt zu, dass Hamson einen Betrug begehen wollte, den er gegen sich selbst begangen hat, der derjenige sein wird, der den Verlust bezahlen muss.

„Glauben Sie? Warten Sie ein paar Stunden oder ein paar Tage und Sie werden sehen, wie dies nicht geschieht.

„Reden Sie keinen Unsinn! Hamson ist reich genug, um dieses gefährliche kleine Ding nicht zu begehen.

„Nun, warten Sie, sage ich. Als die Bank ausgeraubt wurde, werden Sie sich erinnern, dass Sie das geladen haben, was aus den Depots hätte gestohlen werden sollen.

„Teufel, es ist wahr! Ich habe mich nicht daran erinnert.

Und jetzt wird er so tun, als würde er dasselbe tun.

„Aber das ist für einen wohlhabenden Mann unerhört!

„Du kennst die Wahrheit deines Geldes nicht. Sie können es haben und den Ehrgeiz, Sie zu verlieren, Sie können so tun, als hätten Sie es und ertrinken. Sie wissen, dass Sie spekulieren. Er sehnt sich danach, Millionär zu werden, denn sein goldener Traum ist es, Senator zu werden. Gott kennt die Mittel, die es zu verwenden versucht, um es zu sein.

Aber das ist sehr ernst. Es handelt sich um einen Todesfall.

„Weil es so ist, bin ich gegen Ihre Idee.

„Was schlagen Sie denn vor?

„Öffne den Beutel und überprüfe, was er enthält.

„Nun. Geben wir zu, dass es nicht das ist, was er gesagt hat. Was wird als nächstes passieren?

„Im Moment nichts. Du und ich werden die einzigen sein, die wissen, was der Sack enthält. Er ist klug und wird Gefahren vermeiden können, selbst wenn Zweifel im Umlauf sind.

„Du baust auf Sand, Frank.

„Nein, und ich bitte Sie, ein bisschen zu warten. Ich will sehen, wo es atmet. Ich bin sicher, er wird versuchen, den Verlust den Depots zuzurechnen.

„Das wäre weder legal noch logisch.

„Aber er ist der Herr und wird sie bedrohen. Wenn es gut läuft, steckt er das Geld ein, und dann ist es vielleicht an der Zeit, den Inhalt der Tasche zu holen.

„Es fällt mir schwer, das zu akzeptieren.

„Ich nicht. Ich denke, es ist an der Zeit, Hamsons finanzielle Aktivitäten zu untersuchen. Wenn er einen Fehler erlitten hat, wird das Einsetzen des Auslösers einen weiteren neuen Schurken begehen.

"Was kannst du tun?

„Ich weiß es nicht, aber ich verspreche, wachsam zu sein. Hamson ist meine Beute und ich bin die Eule, die ihn vernichten wird.

„Aber Jaspers Tod bleibt …

„Umso mehr Grund zu warten. Wenn es ihm gelingt, sich dieser Anschuldigung zu entziehen, wird dieser Schurke ohne Rache sein. Vertrauen Sie mir, Lang, ich verlange keine Fantasien, wie Hamson über mich gefragt hat. Ich bitte um Realitäten.

„Nun, ich werde eine Weile warten, nicht lange. Ich werde diese Tasche dort aufbewahren, wo niemand sieht, ob Ihr Verdacht wirklich wahr ist.

Frank zerriss mit dem Messer das Leder und warf den Inhalt auf den Tisch. Beide sahen sich erstaunt an.

Sie fanden Bleibrocken, die nach unten gefeilt wurden, um die Form von Münzpatronen zu simulieren.

Sie waren in Papierstreifen gewickelt, die aus einigen illustrierten Zeitschriften aus dem Osten herausgerissen wurden, Zeitschriften, die niemand in der Stadt erhielt und die nur ein wohlhabender und gebildeter Mensch erhalten konnte.

Aber da war noch mehr; einer der groben Barren war in ein weißes Stück Papier gewickelt. Frank zog die Leine ab und zeigte das makellose Stück Papier. Dieser schien am Kopf zerrissen zu sein, zweifellos um etwas Geschriebenes oder Gedrucktes zu beseitigen, aber abrupt abgeschnitten, der Riss kam unvollkommen heraus und ein Stück von dem, was unterdrückt wurde oder zu unterdrücken versuchte, blieb in dem verstümmelten Laken zurück. Frank zeigte es ihm triumphierend und sagte:

„Schauen Sie sich diese Kanten an, es sind untere Buchstabenstücke, und wenn Sie nach einer Form der Bank suchen und sie vergleichen, werden Sie feststellen, dass sie dem unteren Teil des Briefkopfes entsprechen.

Lang nickte. Franks Intuition offenbarte ihm viele Dinge, die er sich nie hätte vorstellen können.

„Du hast recht, Junge, und ich bin immer mehr davon überzeugt, dass Hamson ein Schurke ist. Ich werde den Sack wegräumen und wir warten auf neue Entwicklungen.

Danke, Lang. Ich bin froh, dass Sie ein vernünftiger Mann waren, der nicht durch den Einfluss dieses Schurken suggeriert wurde. Nicht alle Sheriffs wissen, wie sie ihr Prestige und ihre Autorität wahren können. Wenn er droht, dich zu ersetzen, lache ihn aus. Die Wiederwahl ist Ihnen für lange Zeit sicher.

Und voller Freude über die gemachten Entdeckungen verließ er die Büros, um sich in den Kampf zu stürzen. Er glaubte, Hamson zu kennen und wusste, dass er, wenn er eine Idee in seinem Kopf hatte, weder im Guten noch im Schlechten aufgeben konnte.

Frank war sich sicher, dass der Stagecoachnraub geplant war, um die Lederjacke verschwinden zu lassen, die einzige Möglichkeit, alle Spuren seines Könnens auszulöschen, aber wer hatte den Raub begangen?

Der junge Mann war sich derzeit nicht bewusst, welche Elemente Hamson für sein Geschäft nutzen könnte. Früher hatte er skrupellose Männer auf der Ranch, wie der, der sich selbst gegeben hatte zu behaupten, dass er ihn in diesem simulierten Viehdiebstahl erkannt hatte, um ihn zu verlieren, aber nachdem er die Ranch losgeworden war, wusste er nicht, wer es gewesen sein könnte derjenige, der solch eine schmutzige Aufgabe übernimmt.

Natürlich ging er davon aus, dass die Person existierte. Er glaubte nicht, dass Hamson in der Lage war, es persönlich durchzuführen, und das Wichtigste war, ihn zu überwachen, bis er jemanden fand, der verdächtig war, der mit ihm in Verbindung stand.

Dies galt im Moment als nicht einfach. Hamson musste nach dem, was passiert war, sehr wachsam sein. Seine Absicht, Franks Ankunft auszunutzen, um ihm die Schuld zu geben, wenn er nicht völlig versagt hätte, war es nicht versiegt, da er alle möglichen Verdächtigungen abschütteln wollte und er wachsam bleiben würde, um keinen Ausrutscher zu begehen, der für ihn tödlich sein könnte .

Unzweifelhaft war, dass derjenige, der in seinem Namen gehandelt hatte, von ihm geschützt und an einem sicheren Ort versteckt und entdeckt werden musste, ebenso wie der berühmte Rappe, der dem Räuber zum Entweichen diente.

Und mit einem Kopf voller Projekte beschloss er, auf die neuen Aktivitäten seines Feindes zu warten.

★ ★ ★

Franks Verdacht bezüglich Hamsons Absichten, die Gefahr abzuschütteln, den Scheinraub selbst bezahlen zu müssen, bestätigte sich bald.

Am nächsten Morgen erschien an der Tür der Bank eine von Hamson unterzeichnete Mitteilung, in der er alle Geldeinleger der Bank für den nächsten Tag einbestellte, um eine für sie äußerst wichtige Angelegenheit zu besprechen.

Die Leute gingen ein wenig aufrichtig davon aus, dass der ehemalige Viehzüchter sie aufforderte, ihnen einen offiziellen Bericht über das Ereignis zu geben und sie in einer anmaßenden Eigenschaft darüber zu informieren, dass sie die Verantwortung für das Verschwinden nicht auf jemanden übertragen können, der von der Bank, er nahm den Verlust allein auf, obwohl er vielleicht um Hilfe bettelte, um das Defizit zu decken.

Frank las im Vorbeigehen die Mitteilung und als er nach Hause kam, sagte er zu seinem Vater:

„Ich hoffe, dass Sie mir erlauben, in Ihrem Namen zu diesem Treffen zu kommen. Ich werde dankbar sein.

"Was schlägst du vor?" Fragte seinen Vater unruhig.

„Nichts Gewalttätiges, seien Sie nicht beunruhigt. Ich habe vor, Ihr Geld und das aller in der Stadt zu verteidigen, auch wenn sie es nicht verdienen. Ich habe den Beweis, dass Hamson versuchen wird, den Verlust zu tragen, und ich bin bereit, dem nicht zuzustimmen.

Der alte Neil stimmte zu, aber Frank achtete darauf, seinem Fäulnis nicht zu erzählen, was er entdeckt hatte. Er verstand, dass je weniger sie im Geheimnis waren, desto besser und er würde Zeit haben, die Nachrichten mit der gleichen Kraft zu verbreiten, die eine Dynamitladung auslösen könnte.

Und mit voller Beherrschung seiner Nerven wartete er auf die Ankunft des nächsten Tages, um an der Versammlung teilzunehmen.

KAPITEL VIII

FRANK GEHT ZUM GEGENANGRIFF

Es war zehn Uhr morgens am nächsten Tag, als sich fünfzig Grundbesitzer, Industrielle, Viehzüchter und Kaufleute von Nirvay und Umgebung in der geräumigen Halle der Bank versammelten, die von ihren Angestellten für eine so wichtige Versammlung ausgestattet war.

Franks Anwesenheit wurde mit Kälte und sogar mit versteckter Verachtung begrüßt, aber der junge Mann fand, ohne diese feindseligen Demonstrationen zu würdigen, auf den letzten Stühlen an der Wand Platz und wartete auf den Beginn der Versammlung.

Ihre scharfen Augen suchten die Menge ab und entdeckten zwischen ihnen den Sheriff und Dennis' Vater, aber nicht Dennis, der nicht in der Lage sein sollte, öffentlich aufzutreten.

Eine Viertelstunde später erschien Hamson elegant gekleidet, in seinem langen schwarzen Gehrock, seiner schicken Weste voller knalliger Stickereien, seiner röhrenförmigen Wildlederhose und seinen hohen Lederstiefeln mit Sporen.

Es war ein halb Held, halb Cowboy-Outfit, das er für seinen persönlichen Gebrauch angenommen hatte.

Er trug eine große Brieftasche unter dem Arm, und nachdem er die Menge ernst begrüßt hatte, stellte er sich hinter einen kleinen Tisch, der seitlich vor den Bankreihen für Einleger bestimmt war.

Bevor er sprach, untersuchte er die Gesichter seiner Kunden und eine tiefe Falte kräuselte sich auf seiner Stirn, als er Franks Gestalt im Hintergrund entdeckte. Er lächelte leicht und Hamson war weder über seine Anwesenheit noch über dieses drohende Lächeln amüsiert.

Hamson räusperte sich ein wenig, bevor er sich entschied, etwas zu sagen, und sagte schließlich in betroffenem Ton:

„Meine lieben Freunde, ich bin der Erste, der den Grund bedauert, der mich dazu veranlasst hat, dieses Treffen einzuberufen, aber die Ereignisse zwingen mich dazu. Es wäre mir ein Vergnügen gewesen, Sie anzurufen, um Ihnen etwas Angenehmes zu sagen, das ich Ihnen vielleicht eines Tages nicht weit weg mitteilen kann, aber im Moment ist der Grund unangenehm und schmerzhaft.

«Sie wissen, woher ich weiß, was kürzlich mit der Stagecoach von Missouri passiert ist. Männer ohne Skrupel und Gewissen "und als er es sagte, schaute er kühn auf Frank" haben nicht gezögert, unschuldiges Blut zu vergießen, nur um angemessen ohne Gefahr ausländischer Mengen, die heute die Wirtschaft vieler von Ihnen gefährden.

«Dringende und rechtmäßige Bedürfnisse der Bank zwangen mich, dem Fahrer der Stagecoach einen Ledersack mit fünfzigtausend Dollar anzuvertrauen, für eine Überweisung, die unweigerlich nach Marsland erfolgen musste, und mit Mitteln, die ich nicht kenne, wusste jemand oder dieser Sendung verdächtigt, und er stürmte Der Stagecoach und beschlagnahmte diese wichtige Summe. Ich habe mir nichts vorzuwerfen.

«Die Operation war rechtmäßig. Die Vorkehrungen, die ich getroffen habe, sind exquisit. Ich habe das Geld persönlich im Sack aufbewahrt, versiegelt und dem Chef der Casa de Postas gegeben und darauf geachtet, es in der Stagecoach zu sehen, nachdem ich mich von der Ehrlichkeit des Bürgermeisters überzeugt hatte. Es war alles, was ich tun konnte und ich habe es getan. Der Rest war das Werk des Glücks oder weiß Gott was.

„Fakt ist, dass der Investmentfonds einen solchen Rückgang erlitten hat, der nicht auf mich zurückzuführen ist. Da die Bank kein eigenes Kapital hat, sondern das vorhandene Kapital Ihnen gehört, muss der Verlust auf Sie zurückfallen.

Ein unzufriedenes Murmeln ging durch die Halle. Hamson, unruhig, wurde mit einer Geste zum Schweigen gebracht, die sagte:

„Ich verstehe, dass dies für Sie schmerzhaft ist, aber es ist auch für mich schmerzhaft, mein Glück mit Ihrem zu vereinen und diesen Verlust in einem vernünftigen Verhältnis zu tragen. Niemand wird das bei meiner Bank hinterlegte Kapital reduzieren. Ich möchte nicht, dass Ihnen der Diebstahl diesen Verlust zufügt, aber es besteht die Notwendigkeit, eine Formel zu finden, die hilft, dieses Defizit auszugleichen, und ich bin gekommen, um Ihnen die Formel anzubieten.

«Ich habe mein Kapital, das nicht groß ist, auch in meinen Girokontenbüchern vermerkt und daher wird der Verlust auch mich treffen und ich schlage vor, die Zahlung der Zinsen für eine begrenzte Zeit auszusetzen, die die Rückbuchung ermöglicht und dies sogar wer kann, erhöht die Einlagen mit neuen Beiträgen, die es ermöglichen, das Defizit in kurzer Zeit zu begleichen.

Dies ist kein Verlust an sich. Ihr Geld wird immer durch meine Ehre garantiert, und der Verzicht auf einen kleinen Zins ist kein Verlust, da er das mir anvertraute Geld nicht schmälert.

„Hier gibt es Viehzüchter und Landbesitzer, die Einlagen bei Banken in der Region haben. Warum sollten sie sich nicht patriotisch helfen, indem sie das Geld, das bei anderen hinterlegt ist, in sie investieren, um das Volumen zu erhöhen und die Lücke schnell zu beseitigen?

Dies wird eine vorübergehende Sache sein. Auf der anderen Seite, obwohl ich nicht sprechen sollte und obwohl ich es mir erlaube, es verschleiert zu tun, erwarte ich, dass ich Ihnen dank meiner Bemühungen in Kürze sensationelle Neuigkeiten mitteilen kann, die nicht nur Sie begeistern werden glücklich, sondern steigert den Wert von allem, was Sie haben. Es wird etwas Großes und Nützliches sein und es tut mir leid, dass ich nicht mehr sage, weil ich schon zu viel gesagt habe. Es gilt, sich vor den Dieben von Initiativen wie vor den Räubern der Stagecoachn zu hüten.

«Ich hoffe, dass Männer wie Jim Powell, der eines Tages bald ein Verwandter von mir sein wird, Industrielle wie James Lawson, Viehzüchter wie Ray Prince und andere hier Anwesende meine Initiative unterstützen und das Kapital unserer Bank stärken, ohne dieses Schlagloch zu überbrücken einen Verlust in Ihrem Kapital erleiden.

«Fünfzigtausend Dollar werden mit einem strengen Regime in der Verwaltung und einer Erhöhung der Barmittel um etwa hunderttausend Dollar schnell wieder eingezogen, die es der Bank ermöglichen, problemlos Kredite, Hypotheken und Vorschüsse zu vergeben, mit soliden Sicherheiten und mit Zinsen, die uns entschädigen für diesen blöden Verlust.

«Ich warte auf die Meinung derer, die dies tun können und sollen, um zu wissen, was sie erwartet.

Bevor jemand etwas sagen konnte, stand Frank auf und bat darum.

Hamson, wütend, antwortete:

„Sie haben keine Interessen an dieser Bank. Ihre Anwesenheit hier ist nicht nur hasserfüllt, sondern auch unzeitgemäß.

„Einen Moment. Ich vertrete meinen Vater; mein Vater hat sein Geld hier hinterlegt und ich muss auf sein Geld aufpassen. Ich habe das uneingeschränkte Recht, in Ihrem Namen einzugreifen.

Hamson biss sich auf die Lippe und setzte sich mit einem Grunzen auf.

Frank, der das Publikum ansah, das ihn neugierig ansah, begann mit den Worten:

„Mein Vater wird nicht nur keinen einzigen Pfennig zur Aufstockung der Einlagen beitragen, sondern auch den Verlust der gesetzlichen Zinsen nicht einräumen.

Hamson stand in einem Basilisken auf und protestierte lautstark, aber Frank antwortete kühl und gefasst:

„Bitte lass mich sprechen. Sie haben es getan und Ihnen wurde zugehört, das habe ich richtig.

Bald fand es ein Echo im Publikum. Er verteidigte das Geld aller und sie mochten seine Eigenschaft.

Frank fügte hinzu:

„Wir wissen nichts über das interne Regime Ihrer Bank und wollen es auch nicht wissen. Sie haben dieses Geld aus eigener Initiative ohne Garantien und ohne Nachfragen von jemandem überwiesen und Sie sind nur für den Verlust verantwortlich. Um es auf uns zu laden, war es erforderlich, dass die Verwahrstellen im Verwaltungsverfahren ihre Meinung äußern und ihnen die Art und Weise der Geldüberweisung zur Genehmigung vorgelegt wurde. Also ja, weil wir alle für die Leichtsinnigkeit verantwortlich gewesen wären.

«Eine solche Menge wird mit mehr Garantien verschickt. Leute werden gesammelt, um die Lagerstätte zu bewachen und zu verteidigen, und sie geben sich nicht einem armen alten Mann aus, der, so tapfer er auch gewesen sein mag, nichts gegen Überraschung tun konnte.

"Davon sollten Sie viel wissen", sagte Hamson.

Sagen wir, ich weiß alles. Das sagt nichts, denn wenn diese dummen Andeutungen von Wert sein könnten, würde ich das Verbrechen, es begangen zu haben, mit dem Halse bezahlen, aber keiner dieser Herren musste einen Pfennig verlieren, da der Verlust bei ihnen lag.

Hamson schrie wie ein in die Enge getriebenes Tier:

„Ich hoffe, dass diese Herren nicht so einer Meinung sind wie Sie, denn dann würden sie nicht nur das Leben der Bank gefährden, sondern auch das hinterlegte Geld.

»Darüber reden wir, Mr. Hamson. Sie haben versichert, dass die Bank kein Kapital hat. Woher kommen dann die Zinsen, die Sie zahlen? Wer kennt die Bewegungen dieses Kapitals in Form von Darlehen, Hypotheken, Käufen und Verkäufen, wer kennt das Volumen und die Leistung der Verwendung dieses Geldes? Niemand.

" Der Verwaltungsrat!

„Der Rat weiß nichts. Sie sind Männer von gutem Glauben, die keine Rechenkenntnisse haben und Ihren Worten und der Fülle an Papieren vertrauen, die Sie ihnen vorlegen.

«Ich weiß es ganz genau, und ich, die ich glaube, dazu berechtigt zu sein, verlange, dass zur Prüfung, ob tatsächlich Konkursgefahr besteht, kein Interesse besteht und die von Ihnen erbetene Hilfe benötigt wird, eine Kommission von sachkundigen Männern wird eingesetzt, um alle Konten, Bilanzen und Dokumente der Lebenszeit der Bank zu überprüfen und eine Stellungnahme abzugeben.

Hamson legte die Hand auf die Brust, als hätte er einen Vorschlaghammer getroffen. Das tat ihm zutiefst weh, und wie ein Tier brüllte er:

"Niemals! Ich gebe eine solche Beleidigung nicht zu! Ich bin ein Mann...

„Ein Mann wie alle anderen, oder vielleicht anders als alle", unterbrach ihn Frank, „und wenn Sie so sicher sind, dass das, was Sie uns gerade erzählt haben, wahr und ehrlich ist, sollten Sie nicht nur nicht widersprechen, sondern auch der Erste sein, der Stellen Sie jene Einrichtungen zur Verfügung, die Ihre Situation stärken und Ihnen jene Unterstützung einbringen, die nur mit einer solchen Prüfung gewährt werden kann oder nicht.

Franks Worte lösten in der Menge einen beifalligen Ruf aus. Er zeigte Energie vor dem verderblichen Einfluss des Bankiers, und obwohl er ihm nichts vorwarf, schien es, als ob sie ein subtiler Verdacht ergriff.

Hamson, fahl und verwest, brüllte:

"Niemals!! Diese Worte, die hier das geringste Recht haben, sie zu verwenden, sind eine so offensichtliche Beleidigung, eine so abscheuliche Demütigung, dass ich ihnen entsprechend antworten werde, die mich nie einholen können Moral und Ehrlichkeit Ich ziehe die gestellte Bitte zurück und wünsche niemandem nichts.

«Ich werde diese fünfzigtausend Dollar aus meiner privaten Tasche verlieren und Sie werden Ihre Zinsen einziehen. Wenn sie so egoistisch sind, was sie wollen, kann ich nichts dagegen tun. Es scheint mir, dass wir danach nicht weiter streiten müssen.

Ein oh! der Zustimmung stieg aus allen Kehlen. Frank hatte ihnen eine furchtbare Schlacht gewonnen, von der sie sicher waren, dass sie sie ohne ihr Eingreifen verloren hätten, aber zu ihrem großen Erstaunen blieb Frank gelassen und gefasst und argumentierte:

„Es ist dasselbe, Mr. Hamson. Es ist mir egal, ob ich das Geld reinstecke oder nicht. Er hat ein beunruhigendes Bild in Bezug auf die Zukunft der Bank gezeichnet, und da ich nicht davon überzeugt bin, dass dies geschieht, bitte ich um Untersuchung.

„Ich sagte, ich gebe es nicht zu! Ich habe einen Vorstand, dem ich rechenschaftspflichtig bin. Später...

„Es ist das gleiche", drohte Frank. Mit und ohne den Rat werde ich von mir allein verlangen, die Kosten zu tragen, falls ich später dazu aufgefordert werden sollte, dass der Staat eine Überprüfung der Konten überprüft. Wenn Sie eine Stellungnahme abgegeben haben, können Sie mich weiter beschuldigen, wenn Sie wollen, nicht nur des Raubes, sondern der Verleumdung, mir geht es genauso. Da es Ihnen nicht möglich war, mich wegen ersterer verurteilen zu lassen, möchte ich Ihnen die Möglichkeit geben, mich wegen letzterer verurteilen zu lassen.

Hamson stieg wütend vom Tisch und versuchte, Frank anzugreifen.

Er suchte nach dem Revolver, um auf ihn zu feuern, aber die Teilnehmer des stürmischen Treffens unterbrachen ihn und hinderten ihn daran, während Frank, vollkommen ruhig, finster lächelte und über die Wirkung nachdachte, die seine scharfen Aussagen auf den Bankier gehabt hatten.

Hamson wurde mit Gewalt aus dem Gelände gezerrt, aber der Rancher, errötet wie Beifuß, brüllte:

„Ich bring dich um, Frank! Du warst schon lange mein schwarzer Schatten und ich bin kein Mann, der es jemandem erlaubt, mir unterwegs Gruben zu öffnen.

Das Treffen löste sich auf spektakuläre Weise auf, und Frank war einer der Letzten, die die Bank verließen.

An der Tür wartete der Sheriff auf ihn. Frank fragte:

„Welchen Eindruck hast du davon, Lang?

„Soll ich es Ihnen aufrichtig sagen? Hamson hat mehr Angst vor einer Untersuchung bei der Bank, als dass sein Plan, diese fünfzigtausend Dollar zu beschlagnahmen, durchkreuzt wird.

„Ich war davon überzeugt. Jetzt kann er nicht mehr losgelassen werden. Über allen Menschen im Dorf liegt der Ruin, der vermieden werden muss.

" Wie?

"Ich weiß es nicht. Ich habe Ihnen nicht umsonst gedroht. Ich werde um diese Intervention bitten, aber ich werde ein paar Tage verstreichen lassen, um zu sehen, wie er reagiert. Trotz allem möchte ich das Geld nicht aufs Spiel setzen." leichtgläubige Herde, die mich so bösartig verachtet und beleidigt hat.

Lang besorgt, murmelte:

„Ich bin nicht ruhig, Frank. Ich fürchte, etwas Seltsames von Hamsons Seite. Ich glaube ihm nicht mehr, wie er schien. Sie versuchen nicht einen so verzweifelten Coup, um sich fünfzigtausend Dollar zu schnappen und dann aufzugeben. Bei dringendem Bedarf ist eine Einbringung in die Bank nicht möglich; und wenn es ihnen nicht hilft... was hat er mit seinem persönlichen Vermögen gemacht, solche Tricks zu brauchen?

„Ich weiß es nicht und würde mich freuen, einen Hinweis zu haben. Auf jeden Fall habe ich vor, ihn nicht aus den Augen zu verlieren. Ich muss ihn ausspionieren, um zu sehen, was seine Projekte sind. Ich vermute, dass eine tragische Krise kommt.

„Sei vorsichtig. Wenn er verloren aussieht, kann er dich erschießen.

„Ich werde versuchen, ihm keine Chance zu geben.

Sie trennten sich. Frank ging nach Hause, um seinem Vater zu berichten, was bei dem Treffen passiert war, und Lang kehrte sehr besorgt in sein Büro zurück.

Am selben Nachmittag geschah etwas, was Frank nicht vermutet hätte. Es war teilweise Zufall, könnte aber auch den Zufall beeinflusst haben, sodass die Veranstaltung nicht erzwungen werden musste.

Frank war aufgebrochen, um in die Sattlerei des Dorfes zu gehen, um ein paar Steigbügel reparieren zu lassen, als er, als er die Hauptstraße überquerte, Sylvia direkt gegenüberstand. Das Mädchen ging ernst und nervös und schien ängstlich mit den Augen nach etwas zu suchen.

Frank, der der Begegnung nicht ausweichen konnte, versuchte, sich auf die gegenüberliegende Straßenseite zu bewegen, aber als sie ihn sah, schien sie erleichtert zu atmen und überquerte entschieden, sie bedeutete ihm, anzuhalten.

Er gehorchte, indem er sich versteifte, und das Mädchen rief in bittendem Ton aus:

„Frank, ich würde gerne kurz mit dir reden.

„Niemand hält dich auf, Sylvia. Ich höre dich.

„Nein... ich will nicht, dass es hier so öffentlich ist. Willst du mich bitte in einer halben Stunde auf Willys Wiese treffen?

„Warum nicht? Ich werde alles sein, was du willst, aber ich bin gut erzogen genug, um keine Frau niederzumachen. Ich werde dort auf dich warten.

Und langsam ging er zum Ort der Verabredung. Eine Wiese abseits der Stadt und geschützt von üppigen Bäumen und einer Randhecke, die ihn noch mehr vor den Blicken derer verbarg, die dorthin kamen.

Als Sylvia, ganz errötet, auf der Wiese auftauchte, rief Frank, der die Emotionen nicht kontrollieren konnte, die dadurch verursacht wurden, dass er allein mit der Frau sprechen konnte, die alles für ihn ausgemacht hatte, aus:

„Nun, Sie werden sagen, was Sie mich fragen müssen.

Das Mädchen rief nach einem Moment nervösen Zögerns flehend aus:

„Frank, für alle Heiligen, was hast du dir vorgenommen?

„Was meinst du, Sylvia?

„Ihre Einstellung zu uns. Was suchst du und was willst du?

„Ich glaube, dass nichts, was nicht rechtmäßig und legal ist. Diese Frage sollte ich deinem Vater stellen und ... dir selbst.

„Ich habe dir nichts Böses getan, Frank.

„Nicht. Außer dass du mich aggressiv behandelt hast, als ich die Wahrheit über Der Stagecoachn erzählt habe.

Sie senkte verwirrt die Augen und murmelte:

„Vielleicht hast du recht. Ich weiß nicht mehr genau, was ich dir gesagt habe, aber ... ich war nervös wegen des Schlags, den mein Vater erlitt ...

„Und deshalb hast du meine Ehrlichkeit in Frage gestellt, du, die du sie besser kanntest als jeder andere ...

"Frank ... ich ... sie haben mir Dinge gesagt, dass ... es ist besser, sie nicht zu wiederholen ... Sie haben in Ihrer Abwesenheit kein sehr sauberes Plakat hinterlassen ... sie haben Sie beschuldigt ...

„Dein Vater hat mich nur beschuldigt und du weißt warum. Ich war nicht der Mann, von dem Sie geträumt haben. Zu dieser Zeit war er ein armer Arbeiter auf seiner Ranch und obwohl mein Vater ein ziemlich wertvolles Lagerhaus besaß und ich das Geschäft jeden Tag steigern konnte, war das alles nicht genug.

«Ihre Heirat mit einem anständigen und ehrlichen Mann, der zu den kühnsten Unternehmungen des Gesetzes fähig war, war wertlos. Er brauchte eine Marionette für dich, die es nicht einmal wert war, dich zu verteidigen, aber das spielte keine Rolle; Dass Sie dem ersten ausgeliefert waren, der Sie beleidigen wollte, hatte keinen Wert, abgesehen von der Handvoll Dollar, die er in ihre Geschäfte einbringen konnte.

«Und Sie ... Sie haben unsere wahre Freundschaft vergessen, unsere aufkeimende Liebe und stolz auf eine Bildung, die hier nutzlos ist, weil Sie damit in dieser Stadt der ehrlichen, aber einfachen Menschen nur ein Exotisches sind, das Sie beiseite legen müssen , du hast dich mit dem Unsinn deines Vaters durchdrungen und dich der Einbildung und dem Stolz ergeben. Es ist gut möglich, dass Sie mit Dennis sehr glücklich sind, glücklicher als mit mir, aber glücklich, auf welche Weise? Das möchte ich gerne wissen.

Sie, die ihm besorgt zuhörte, murmelte:

„Ich werde mit ihm nicht glücklich sein, weil wir unsere Beziehungen abgebrochen haben.

Franks Augen weiteten sich bei der Aussage und antwortete:

„Was sagst du? Hast du es inzwischen gewagt, die Wut deines Vaters zu provozieren, indem du dich seinen Vorhaben widersetztest?

„Ich weiß es nicht, oder es interessiert mich nicht. Dies ist eine intime Frage. Ich mochte Dennis nicht sehr, gab ich zu, weil er ein guter Junge zu sein schien und weil jemand, es musste eines Tages mein Mann sein, aber die Dinge, die passiert sind, haben mich zutiefst verletzt. Ich habe nicht berücksichtigt, dass du ihn in der Nacht auf der Post geschlagen hast. Es war eine Überraschung für ihn, aber ich musste berücksichtigen, was danach passierte. Er prahlte tapfer, versprach, die erhaltene Beleidigung wegzuwaschen und ... er versank tiefer in den Spott, der er war.

«Später ... ich weiß es nicht ... jemand sagte mir, er habe nicht mit Adel gekämpft ... und der Mann, der nicht edel zu kämpfen ist, ist überhaupt nicht edel ... Aber das ist das Geringste von es. Die Angelegenheiten meines Herzens zählen nicht, und ich bin auch nicht gekommen, um mit Ihnen darüber zu sprechen. Sie haben mich gezwungen, und ich glaube, ich war dumm, es Ihnen zu sagen. Es kam zu etwas anderem, das mich mehr interessiert.

Frank wurde defensiv. Es geschahen Dinge, die sie für die Zukunft als sehr bedeutsam erachteten, und er vermutete, dass Sylvia, wenn er es am wenigsten erwartete, seine Pläne behindern würde.

"Worum geht es?" Er hat gefragt.

„Von meinem Vater. Er ist verrückt, Frank. Du hast ihn bis ins Unendliche beleidigt und gedemütigt setze ihn durch solche quälenden Trancen

„Hat er gezögert, mich als andere schrecklichere auszugeben? Er allein ist die Ursache dafür, dass die ganze Stadt mich misstrauisch betrachtet und mich töricht eines Ereignisses beschuldigt, von dem ich rein und rein bin. Ich bin ein Mann, der sich noch nie die Hände mit unschuldigem Blut gefärbt hat.

Ich bin kein Mörder oder ein Bewaffneter wie Sie, und er hat mich angerufen. Ich handhabe den Revolver, weil er die Garantie meines Lebens ist, wie das vieler in diesen Klimata, wo das Leben der Menschen nicht wichtig ist, und ich verteidige mich. Ich habe viele Male gekämpft, aber immer mit Adel. Erst gestern konnte ich diese Marionette zu legitimen Verteidigungszwecken töten und ich tat es nicht ... Warum muss ich mit einer anderen Währung bezahlen als der, mit der sie mich bezahlen?

„Andererseits habe ich nur einen Vorschlag deines Vaters, der meinen Interessen schadet, abgelehnt und ihn gebeten, Rechenschaft darüber abzulegen, wie er mit unserem Geld umgeht. Ist das eine Straftat?

"Für diejenigen, die ein reines Gewissen haben ...

„Wer es hat, hat nichts dagegen und freut sich, dass seine Ehrlichkeit glänzt. Eine Sache ist Selbstliebe und eine andere ist Loyalität.

„Gut, aber er hat angeboten, das Geld zu verlieren. Was möchten Sie sonst noch?

„Warum wird er es verlieren, wenn er es nicht sollte? Und wenn Sie es verlieren müssen, warum lehnen Sie es ab, Ihre Karten offen zu zeigen?

"Oh! ... Du würdest es nicht verstehen, Frank. Die Sache ist heikel. Ich spreche mit dir als Freund ... Mein Vater hat von niemandem etwas genommen, aber im Moment hat er ein kolossales Projekt in seinem" Hände, die für die Stadt eine angenehme Überraschung sein werden Etwas sehr Großes und Nützliches, für das er sich keine Rechenschaft ablegen kann, denn wenn es scheitern würde, würde es alle mühselige Arbeit zerstören, die ihm einen sagenhaften Gewinn bringen und seine Bank, die Banco del Poblado, eine der wichtigsten der Region.

„Aus diesem Grund und nichts anderem hat er Angst, vorerst in sein Geschäft involviert zu sein ... Es ist eine Frage von Tagen. In kurzer Zeit versichert er, dass das Geschäft abgeschlossen ist und keine Gefahr mehr bekannt ist. Frank, ich bitte Sie nicht, Ihre nicht zu verteidigen ... Ich bitte Sie nur, diese Angelegenheit um ein paar Tage zu verschieben. Dann kannst du es tun und er ist der Erste, der zufrieden ist.

" Das denkst du?

"Ich bin mir sicher.

„Weißt du, was das für ein Geschäft ist?

„Nicht. Er wollte es niemandem erzählen … mir nicht, aber er versichert, dass es eine große Sache ist.

„Und was bietet er mir im Austausch dafür, dass er ihm diese Möglichkeiten gibt?

„Es ist nicht er, sondern ich, der dich fragt. Er würde dich um nichts bitten, selbst wenn er wüsste, dass er für immer versinkt.

„Nun, was bieten Sie an?

„Nichts! Ich würde mich schämen zu wissen, dass du mir den Gefallen gekauft oder verkauft hast.

„Es liegt in der Familie Hamson, zu bitten und nicht zu geben. Reiner Egoismus, den du nicht loswerden kannst. Ihr Vater würde nicht zögern, mich für ein Verbrechen zu hängen, das ich nicht begangen habe, aber er würde meine Dummheit ausnutzen, wenn ich ihm bei seinen Plänen helfen würde … Und Sie, aus derselben Kaste, unterstützen ihn.

Sie sträubte sich wütend:

"Was weißt du darüber? Ich kann nicht hinterher. Er ist mein Vater und ich tue was ich kann für ihn. Du kennst diesen Schritt von mir nicht; wenn ich es wüsste, hätte ich die größte Aufregung meines Lebens damit ihm.

„Ach sicher! Ich würde dir vorwerfen, einen Schützen, einen Räuber, einen Mörder und einen Dieb zu verteidigen, aber wenn ich ihm Möglichkeiten gebe, wird er sie ausnutzen und weiter versuchen, mich zu verlieren. Dein Vater ist ein Finanzengel.

„Hör auf, Frank! Ich dachte, im Namen unserer alten Freundschaft könnte ich Sie um diesen kleinen Gefallen bitten, aber ich sehe, dass Sie zu boshaft sind, um dies zu tun. Es ist dasselbe, ich werde nicht mehr darauf bestehen und ich werde akzeptieren, was Sie oder das Schicksal mir bringen möchten.

Sie, deren Augen von rebellischen Tränen getrübt waren, die sich mühten, aufzutauchen, drehte sich um, um zu gehen, aber Frank, von einem wahnsinnigen Verlangen nach dieser Liebe ergriffen, die noch nicht in seiner Brust gestorben war, rannte auf sie zu, packte sie an den Armen und biss die Worte als er sie aussprach, brüllte er:

„Ich werde es tun, Sylvia, ich werde es tun und der Teufel berücksichtigt mich nicht, dass ich damit meine Pflicht versäume und eines Tages wirst du verstehen, dass es so war! Ich tue es, weil ich dich trotz allem immer noch liebe, wie ich dich geliebt habe, als ich gegangen bin, und weil ich hierher zurückgekommen bin, getrieben von dieser Liebe, die stärker ist als mein Wille. Ich will keine Gegenleistung, nicht einmal eine Liebe, die nur Nächstenliebe oder Bosheit wäre.

«Ich werde es aus eigener Eitelkeit tun, um diese törichte Liebe zu befriedigen, die ich immer noch in meiner Brust habe und das wird mein Verderben sein, aber ich werde es tun und wenn die Dinge geschehen sind, die passieren müssen, dann werde ich gehen wieder und versuche zu vergessen, dass es eine Frau gab, die einst mein Ruhm war und jetzt nur noch meine Hölle ausmacht.

Und wie ein Verrückter floh er von ihrer Seite und ließ sie fassungslos und verwirrt zurück.

KAPITEL IX

DIE ZÄHNE DES CEPO

Eine beispiellose Wut erfasst Frank nach der Gewaltszene mit Sylvia. Sie war von einem unbändigen Drang mitgerissen worden, ein törichtes Versprechen gegeben zu haben, und nun hatte sie keine andere Wahl, als ihr Wort zu halten. Naja ... ich würde es erfüllen.

Er würde Hamson einen Spielraum geben, um seine Situation zu klären, einen Spielraum, den er nutzen könnte, um Geld zu suchen und eine fiktive Normalität anzubieten, die aufhören würde, sobald der Eindruck verging, aber er ließ seine Hand nicht los und beobachtete ihn zu seinem Besten. kleinste Details, um in seine Fußstapfen zu treten und herauszufinden, was seine Machenschaften waren.

Da er keine Lust hatte, mit irgendjemandem zu reden, bestieg er am nächsten Tag sein Pferd und ließ das Pferd nach Belieben traben, verließ die Stadt die Hügel und Lichtungen hinauf, überquerte Pfade und Bäche und filterte durch Wälder und Stecklinge, ohne es zu merken.

Plötzlich merkte er, dass er sich zu weit vom Dorf entfernt hatte. Mindestens zehn Meilen östlich, auf der gegenüberliegenden Straße, die er genommen hatte, als er in die Stadt zurückgekehrt war.

Es war in der Nähe von Thedford, einer Stadt, die ebenfalls zur Route gehörte, ganz in der Nähe des Missouri.

Er stand auf der Spitze eines Hügels im angenehmen Schatten einer Baumgruppe, die ihn vor der glühenden Morgensonne schützte, als er, als er auf den Pfad unter ihm in einer Entfernung von hundert Metern blickte, einen Reiter im Galopp entdeckte ein flotter Trab, und etwas kam ihren Augen bekannt vor, als sie ihn über den Hals des Pferdes beugte.

Diese Gestalt, ein wenig fettleibig und gedrungen, dieser grobe Umriss, ohne Anmut, war der von Hamsons Körper, obwohl er jetzt weder seinen imposanten schwarzen Gehrock noch seine Markenweste trug, sondern eine Lederjacke, einen Cowboyhut und etwas Blaues Hose in die Unterseite seiner hohen Leggings gesteckt.

Mechanisch wich Frank seinem Pferd zurück, suchte bessere Deckung hinter den Bäumen, bis er Hamson passieren ließ, und beschloss dann, fasziniert zu sehen, wie er in diese Richtung ging, ihm diskret zu folgen.

Als er glaubte, ihn nicht sehen zu können, stieg er vom Hügel herab und setzte sein Pferd in Trab, aber er trennte sich vom Weg und folgte auf einem unterbrochenen Weg der gleichen Richtung, bis es ihm eine Viertelstunde später gelang um ihn beim Galoppieren der Straße zu entdecken. .

Eine halbe Stunde später waren sie in Sichtweite von Thedford, und Frank vermutete, dass er seine Reise dorthin antreten würde.

Das Schwierige war, ihm in die Stadt zu folgen. Höchstwahrscheinlich würde er es herausfinden, und in diesem Fall würde sein Spionageplan scheitern, aber da er keine andere Wahl hatte, beschloss er, das Risiko einzugehen.

Langsam betrat er das Dorf, den Blick nach vorn gerichtet, auf der Suche nach Hamsons Pferd, aber es musste über eine Querstraße gesickert sein, wodurch er die Spur verlor.

Verärgert beschloss er, das gesamte Zentrum zu inspizieren und ging durch Straßen und Gassen, bis er auf einem weitläufigen Platz das Reittier des Bankiers entdeckte.

Sie stand an der Tür eines zweistöckigen Gebäudes, ein schöner moderner Backsteinbau, an dessen Fassade ein Schild verkündete:

«HOTEL TEXAS»

Frank ließ sein Pferd besonnen an der Mündung einer nahegelegenen Straße stehen und näherte sich vorsichtig, bis er vor dem Hoteleingang stand. Dies war nicht nur ein modernes und komfortables Gebäude, sondern das Hotel war vielleicht das luxuriöseste dieser Seite der Region.

Die Glastür drehte sich nach beiden Seiten, und hinter einer großen und schön dekorierten Halle offenbarte sich der Rezeptionstresen sowie eine elegante Treppe, die unten begann und sich spiralförmig nach rechts und links drehte.

Durch die Fenster entdeckte er mehrere Hotelgäste, die ihrem Typ nach Viehzüchter von ausgezeichnetem Status zu sein behaupteten, gut gekleidete Händler und einige Personen in exotischer Kleidung, die Frank schnell als professionelle Spieler klassifizierte.

Was wäre das für ein Hotel, und was hätte Hamson darin zu tun?

Nach einem Moment des Zögerns beschloss er, einzudringen. Er würde um ein Zimmer bitten und versuchen, diese seltsame Situation auszunutzen.

Er ging zum Tresen und bat um ein Zimmer zum Schlafen. Der Angestellte sah ihn einen Moment misstrauisch an, als hielte er ihn nicht für würdig, in einer solchen Einrichtung zu leben, aber er musste das Hengstfohlen respektiert haben, das Frank fahrlässig mit der rechten Hand schwang und es ihm mehr als nur als neugieriges Objekt als Drohung, nicht zu verachten.

"Es sind drei Dollar", sagte der Angestellte.

Frank zahlte, ohne gegen den Missbrauch zu protestieren, den angeforderten Betrag ein und der Angestellte fragte:

„Ihr Name? Erschrecken Sie ihn nicht, es ist Pflicht, ihn ins Meldebuch zu schreiben, sonst sind wir nicht neugierig.

"Billy Parker, ist das in Ordnung?" Frank antwortete.

"Großartig. Unterschreiben Sie hier.

Und er bot ihm das Buch an, in dem er gerade Franks Patronym-Phantasie gestempelt hatte.

Er warf einen Blick auf das Register, entdeckte aber Hamsons Namen nicht darauf.

"Im zweiten Stock, Zimmer Nummer 20. Baden Sie?

„Manchmal", antwortete Frank humorvoll. Welche anderen Annehmlichkeiten können Sie mir bieten?

„Sie haben eine Bar im ersten Stock und wenn Sie ein paar Dollar übrig haben, haben Sie einen Aufenthaltsraum.

„Ich liebe dieses Hotel und ich denke, ich werde länger bleiben. Obwohl ich nicht in voller Kleidung gekleidet bin, denke nicht, dass ich keine Papiere habe. Ich bin genau hierher gekommen, weil mir ein Freund aus Nirvay dieses Hotel mit großem Interesse empfohlen hat.

"Von Nirvay?" Fragte die Angestellte. Ich weiß nicht, wir haben einige Kunden dort ...

»Klar. Es war Mr. Hamson, der Bankier. Ich habe ein ausgezeichnetes Konto bei Ihrer Bank.

"Oh! Er hätte es früher sagen sollen ... Mr. Hamson ... Warten Sie! Ich denke besser als Zimmer Nummer 20, Sie werden Zimmer 32 mögen. Es hat ein schönes Fenster mit Blick auf den Platz.

„Danke. Jetzt gehe ich nach Nirvay. Wenn ich Hamson sehe, werde ich ihm sagen, dass ich sehr gut betreut wurde.

Der Angestellte zwinkerte schelmisch und antwortete leise:

"Herr. Hamson ist hier. Es ist schon eine Weile her.

„Teufel, das liebe ich! Wo ist er jetzt?

"Chist ...! Er ist bei der Dame ...

"Ah! Schon...! Ich hätte es ahnen sollen...

„Ich weiß nicht, ob er bleiben wird. Er war seit ein paar Tagen nicht gekommen und die Dame war schon ungeduldig.

„Es ist natürlich. Glaubst du, es wäre unangemessen, ihn zu sehen?

„Ich denke schon. Er mag es nicht, gesehen zu werden. Wenn er kommt, bleibt er bei der Dame und sie besprechen den Geschäftsverlauf. Dann geht er und taucht nie im Spielzimmer auf.

"Verstanden. Ein Mann seiner Position kann bestimmte Ausstellungen nicht durchführen ... Es wäre nicht ernst ...

Klar, du verstehst. Das Hotel ist sehr gut, es ist das Beste im Nordwesten von Nebraska, aber ... Ihre Feinde würden Sie beschuldigen, Teil eines Geschäfts zu sein, in dem Glücksspiele die Hauptattraktion sind. Wenn er dir also nichts davon erzählt hat, solltest du ihn besser nicht sehen.

„Ich denke, ich werde deinen Rat befolgen. Hamson ist ein guter Freund von mir und meinem Vater, aber natürlich seine Ernsthaftigkeit ... seine Tochter ... Sag mir, wo soll er von seinem Weg weglaufen.

„Die Dame bewohnt die Zimmer nach hinten im Flur rechts vom ersten Stock.

„Danke. Ich werde ein bisschen aufräumen und dann runter ins Spielzimmer. Dort in Nirvay ist es ekelhaft, man kann die Sporen nicht spielen, weil man einen sofort kritisiert.

"Nun, hier kannst du bis zum Fohlen spielen, keine Sorge.

Frank hinterließ dem Angestellten einen Dollar auf dem Tisch, und zufrieden mit den gesammelten Berichten ging er die Treppe hinauf, um zu dem Zimmer zu gelangen, das für ihn bestimmt war.

Aber als er das Erdgeschoss erreichte, schaute er sich um, um sich davon zu überzeugen, dass er nicht gesehen wurde, und ging kühn den Korridor entlang in Richtung des Zimmers, das laut dem Angestellten "der Dame" gehörte.

Auf Zehenspitzen näherte er sich der Tür, beugte sich unauffällig vor und legte sein rechtes Auge auf das Schlüsselloch.

Durch das kleine Loch konnte er nur ein luxuriös gekleidetes Holzbett und eine kleine ovale Spiegelkommode sehen, den Rest konnte er aus Platzmangel nicht unterscheiden.

Er konnte ein Gesprächsgerücht hören, ohne ein Wort nennen zu können, was ihn wütend machte. Er hätte seine fünfzigtausend Dollar aufgegeben, nur um herauszufinden, wovon sie redeten. |

Etwas verdeckte für einen Moment die Sicht auf das Bett, das er anstarrte. Es war eine weibliche Silhouette, die vor dem Schlüsselloch gestanden hatte.

Frank konnte einen etwas reifen, aber prächtig erhaltenen Frauentyp bewundern. Sie war blond, groß, schlank, mit morbiden Armen und feinen, polierten Händen, an deren Fingern mehrere Ringe glitzerten. Er hatte prächtige grünliche Wechselaugen und unverschämt blondes Haar, das gefärbt werden musste.

An ihrem Outfit konnte sie nur eine himmelblaue Samtjacke erkennen, mit Spitze am Hals und dem ab der Taille beginnenden schwarzen Rock. Er bewunderte auch ein juwelenbesetztes Medaillon, das an ihrem prächtigen Hals hing.

Die Dame gestikulierte wütend und Frank sah vom Schlüsselloch weg, um sein Ohr anzulegen.

Von ihrer Position aus konnte er deutlich verstehen, was sie sagte:

„Tut mir leid, Wilfred, aber in dieser Zeit lief es nicht gut. Das Hotel hat viele Ausgaben und es gab nur wenige Kunden und die wenigen, die kamen, riskierten nicht, hart zu spielen. Das ist ja bekanntlich sehr teuer und zwei Glücksfälle gegen unser Roulette haben mich wieder aus dem Gleichgewicht gebracht. Ich brauche dieses Geld unbedingt, oder ich muss schließen.

Frank wartete. Eine männliche Stimme sagte etwas Unverständliches und dann, der sprach, musste er vorgerückt sein, denn er konnte ihn sagen hören:

„Ich habe dich gewarnt, Martha du hast mich viel gekostet und gerade der Moment ist sehr schlecht für mich. Du musst alles tun, was nötig ist und ein paar Tage warten. Genau, ich kam in dem Glauben, dass Sie mir etwas Geld hinterlassen könnten, um eine dringende Angelegenheit zu lösen ... Es ist gut, dass es nicht sein kann, aber fragen Sie vorerst nicht nach einem Pfennig mehr. Das kann nicht sein, ich schwöre!

Frank sah zurück. Er schien Schritte zu hören und wagte sich zu weit vor. Er hatte Hamsons Stimme erkannt, und mit dem, was er hörte, hatte er genug, um zu wissen, was ihn erwartete.

Er ging seine Schritte zurück und stieg in die Halle hinab.

Der Angestellte bediente zwei neue Kunden und sah ihn nicht gehen.

Ohne Zeit zu verlieren verließ er den Platz, bestieg sein Pferd und steuerte in vollem Galopp auf Nirvay zu. Er sah kommende und entscheidende Ereignisse voraus und wollte darauf vorbereitet sein.

Als er in der Stadt ankam, ging er direkt zum Büro des Sheriffs, um ihm Bericht zu erstatten, was er entdeckt hatte. Lang hörte ihm erstaunt zu und fragte in einem Chaos der Verwirrung:

„Was ziehst du aus all dem, Frank?

"Ist es nicht klar? Hamson erhält auf seine Kosten das luxuriöse Hotel und die Launen und den Luxus seines Besitzers. Die Dinge laufen schlecht und er vergräbt dort viele tausend Dollar fünfzigtausend Dollar, und das allein wird es nicht sein. Sie fordert ihn auf, mehr Geld zu verlangen, und ich habe gedroht, eine Überprüfung der Konten zu verlangen, die sein Ruin voranbringen könnte. Ich werde sehr getäuscht, wenn er nicht einen neuen Schlag versucht kurz, verzweifelter als die vorherige.

„Was kannst du probieren?

„Ich weiß es nicht, aber du musst wachsam sein, Lang. Vergessen Sie nicht, dass in Hamsons Händen die Ersparnisse und das kleine Kapital vieler Menschen liegen, die in den Ruin stürzen würden. Ich weiß nicht, wie weit sich die

Verwahrer bisher entgangen haben, aber wenn wir ihr Zeit geben, einen weiteren Coup zu versuchen, ist die Katastrophe sicher.

„Ich kann mir nicht vorstellen, wie wir das vermeiden können.

»Behalte nur Hamson im Auge. Heute habe ich deine Reise durch Zufall entdeckt, aber genauso wie du das versucht hast, würde ich etwas anderes versuchen. Nur du und ich sind im Geheimnis und du und ich müssen die Überwachung übernehmen, die es uns teilt. Es wird harte Arbeit, aber vielleicht nicht lange.

"Nun, ich stimme Ihrer Idee zu. Da ich tagsüber in den Büros sein muss, werden Sie während dieser Zeit für die Überwachung verantwortlich sein, und nachts werde ich meine Runde machen. Ich glaube wie Sie, dass Hamson etwas Entscheidendes versuchen muss." um dieses Schlagloch zu lösen und herauszukommen.

In Ordnung, Frank verließ das Büro, eine Idee schwirrte in seinem Kopf. Es war ihm in den Sinn gekommen, Ereignisse zu überstürzen, und er würde es sofort tun.

Er verbrachte den Tag damit, unauffällig in Hamsons Häuschen herumzustreifen, versteckt von überwucherten Vertiefungen, und wurde schwer gequält, als er Sylvia zweimal in dem kleinen Garten entdeckte, eine von ihnen die Pflanzen gießen und die andere in einem Garten sitzend. Bank, eine Zeitschrift lesen.

Der Anblick des Mädchens verbitterte seine Gedanken. Er fragte sich, was aus ihr werden würde, wenn ihr Vater Konkurs anmelden musste, und schlimmer noch, was würde passieren, wenn der stolze Bankier eine neue und schurkische Aktion beging, die ihn an den Rand brachte.

Unter anderen Umständen hätte er ihren Schmerz lindern und sogar für ihre Zukunft sorgen können, aber was konnte er jetzt versuchen, wenn diese beginnende Liebe, die sie vor Jahren vereint hatte, in ihrer Brust gestorben war?

Es war eine Qual für Frank, an Sylvia und ihre Zukunft zu denken, aber er konnte nichts tun, um ihren Untergang zu verhindern.

Das Wohl vieler Menschen in der Stadt lag in seinen Händen und seine Pflicht bestand darin, nicht alle zu opfern, nur um jemanden zu retten, dem er nichts schuldete, aber es waren schlimme Zeiten und eine anomale und grausame Situation.

Als es Nacht wurde, sah er ein Pferd, das einen Umweg machte, um den allgemeinen Weg nicht zu betreten, und das Häuschen erreichte. Es war Hamson, der düster und bester Laune zurückkehrte.

Sylvia, besorgt, wollte seine Stimmung sondieren, aber der Bankier hatte keine Lust auf Vertraulichkeiten. Er beschränkte sich darauf zu sagen, dass er von einem

Interview mit einigen von denen gekommen sei, die sein großes Projekt vorbereiteten, und dass gewisse Schwierigkeiten aufgetreten seien, die er studieren musste, um sie zu lösen.

Und ohne ihm auch nur Halt zu geben, um seine Nerven zu beruhigen, indem er das Versprechen, das er Frank abgerungen hatte, mitteilte, schloss er sich in seinem Büro ein und musste für diesen Tag aufhören, ihn zu sehen und mit ihm zu reden.

Am nächsten Morgen tauchte Hamson bei der Bank auf. Sein Abend, der bis spät in die Nacht dauerte, war bis zu einem gewissen Punkt fruchtbar gewesen, denn er war zu gewissen Plänen gekommen, die er nicht lange in die Tat umsetzen sollte.

Dort schrieb er einen Brief, den er mit einem seiner Angestellten an die Farm von Dennis' Vater schickte. Es war ein sehr studierter Brief, in dem er von ihm ein privates Darlehen von zehntausend Dollar verlangte, mit dem Versprechen, die Rückzahlung acht Tage später zu leisten.

Er begründete damit seine Zusage, die fünfzigtausend fehlenden Dollar auf eigene Rechnung zu begleichen und diesen Betrag damals nicht in bar zu zählen, er musste Verhandlungen über den Verkauf privater Wertpapiere führen, diese Summe einziehen und in die Gelder der Bank.

Hamson wartete gespannt auf die Antwort. Vom Erfolg seines Briefes hingen viele Dinge ab, die ihn nervös und besorgt machten.

Er wartete auf die Antwort, als etwas Unerwartetes geschah, das ihn vor Angst erblassen ließ.

Einer seiner Angestellten hatte ihm gerade einen Scheck über zehntausend Dollar vorgelegt, einen Betrag, den Ted Neil, Franks Vater, bei der Bank hinterlegt hatte und den der alte Kaufmann auf Veranlassung seines Sohnes als Löschung seines Girokontos geltend machte die Bank.

Hamson befahl wütend, Frank in sein Büro zu bringen, und als er mit ihm konfrontiert wurde, rief er wütend aus:

"Was hast du dir selbst vorgeschlagen, Frank?"

„Sammle einfach Geld, das mein Vater hier hinterlegt hat. Sie brauchen es für eine dringende Angelegenheit, und da es Ihnen gehört, kann Ihnen das niemand verweigern.

„Natürlich nicht, aber ... diese Abhebung von Ihrem Girokonto ist sehr schockierend. Haben Sie sich vorgenommen, die Bank zu ruinieren?

„Für mich ist es dasselbe, aber wenn das Geld hier hinterlegt wurde, muss es hier sein, und ich denke nicht, dass dies eine Ruine darstellt.

„Möglicherweise nicht, aber Sie wissen, wie die Banken vorgehen. Geld wird zur Produktion bewegt und ist nicht immer in der Kasse. Aktien werden gekauft, Kredite vergeben ...

„Ja, aber Sie werden mir nicht sagen, dass das gesamte Geld verwendet wird, und wenn doch... geben Sie mir das Äquivalent in leicht verkäuflichen und verlustfreien Wertpapieren. Mein Vater braucht das Geld.

„Heute genau?

„Heute genau.

„Kannst du nicht zwei Tage warten? Ich habe einen Auftrag zum Verkauf von Wertpapieren erteilt und Aufträge zur Kündigung von Krediten erteilt. Ich möchte alles einsammeln, damit es in der Kiste ist, wenn Sie diese demütigende Inspektion veranlassen.

„Entschuldigung, aber ich kann es kaum erwarten. Es muss heute genau sein.

Hamson schwitzte wie ein verdammter Mann. Er wollte keinen einzigen Dollar loswerden, und Franks Vorspiegelung machte all seine Pläne furchtbar durcheinander.

Verzweifelt bemühte er sich mit Frank um eine zweitägige Verzögerung von ihm, aber der kompromisslose junge Mann blieb bei seiner Forderung energisch. Er wollte dem Bankier nicht nur keine Pause gönnen, sondern befürchtete auch, dass dieses Geld, das alles Produkt der langjährigen Arbeit seines Vaters war, ohne eine Möglichkeit, es zu retten, verschwinden würde.

Die Diskussion wurde durch die Anwesenheit eines Mitarbeiters unterbrochen, der einen Brief trug. Es war die Antwort von Dennis' Vater.

Hamson riss mit zitterndem Puls den Umschlag auf und spähte mit einem Seufzer der Erleichterung hinein. Darin hatte er mehrere Tausend Dollarscheine entdeckt. Wütend, ohne um Erlaubnis zu fragen, las er eifrig den Inhalt des Briefes. Das war kalt, wenn auch höflich.

Rancher Powell sagte ihm, dass er ihrer Bitte mehr nachkam, als ihr einen persönlichen Gefallen zu tun, um seinen Nachbarn zu helfen, ihre Interessen zu wahren, aber es gab nichts Herzliches zwischen ihnen nach dem Vorfall, der seinem Sohn so bittere Probleme bereitet hatte, zumal mehr beklagenswert die verächtliche Haltung von Sylvia.

Hamson verfluchte im Geiste die Entscheidung ihrer Tochter, sich von Dennis zu trennen, aber jetzt war ihr alles egal. Dies war eine Angelegenheit, die der Vergangenheit angehörte, und die Gegenwart zeigte Facetten, die ihn Millionen von Kilometern von seinen Projekten entfernten.

Er hob den Kopf und als er Franks kalten Blick sah, bekam er einen Wutanfall und zog die Scheine heraus und warf sie brüllend auf den Tisch:

"Nehmen! Und so dient dieser Betrag deinem Vater und dir als Gift! Du hast vorgeschlagen, mich zu versenken, aber es wird dir nicht gelingen. Hamson ist stärker und schlauer als ihr alle zusammen. Da habt ihr euer Geld und eines Tages Sie werden diese belästigende Haltung bereuen.

„Vielleicht, aber … ich möchte das lieber bereuen, als meinem Vater erlaubt zu haben, seine Ersparnisse zu verlieren.

Hamson stand wild auf und schrie:

„Verschwinde hier, aggressiver Schütze! Sie nutzen Ihr Geschick im Umgang mit dem Revolver und meine Jahre, um mich zu bedrohen. Dein Geld! Glaubst du, ich würde bei ihm bleiben?

„Ich kann es nicht mehr glauben, da es mir wiederhergestellt wurde. Es ist eher eine Wiedergutmachung, ich werde mich beeilen, die Nachricht an diejenigen weiterzugeben, die auf das Ergebnis dieser Verwaltung warten. Ich werde ihnen sagen, dass Sie ein ernsthafter und solventer Mann sind, dass Sie Ihre Verpflichtungen einhalten und dass sie ihre Einlagen abheben können, sicher, dass sie sich einem so legitimen Recht nicht widersetzen werden.

Und mit einem komischen Gruß verließ er das Büro.

Hamson erstarrte bei der Drohung. Wenn er sich daran hielt und Depots zum Fenster flossen, konnte nur der Inhalt seines Revolvers, gut auf seinen Kopf aufgetragen, die Situation lösen.

Und aus Angst, zu einer solchen Maßnahme greifen zu müssen, beeilte er sich, seinen Mitarbeitern zu befehlen, jeden, der auf der Suche nach Geld kam, zu warnen, dass er gegangen sei und sie erst am nächsten Tag Geld abheben können. Es war das Einzige, was er tun konnte, um Zeit zu gewinnen, die Zeit, die ihn zermalmte.

KAPITEL X

KORRELIERT

Hamson hatte nicht nur damit gerechnet, den Putsch bis zum nächsten Tag zu stoppen, sondern bis zum nächsten Tag, da der folgende Sonntag war und ein Feiertag war, konnte ihn niemand zwingen, die Vorschriften zu brechen, indem er die Büros öffnete. Er hatte fast zwei Tage Ruhe; Zwei Tage, die ihm, gut genutzt, sehr nützlich sein konnten und er widmete seine ganze Energie der Nutzung.

Um ein Uhr befahl er seinen Mitarbeitern, die Arbeit zu verlassen. Nur ein Bauer hatte sich für fünfzig Dollar gemeldet, und Hamson hatte schnell die Zahlung angeordnet, denn die Summe war keine Besorgnis wert.

Als er allein gelassen wurde, schloß er sich in die Bank und begann fieberhaft, den Kassenbestand in den Kisten zu überprüfen. Er brauchte jeden letzten Pfennig und den letzten Pfandwert, und er hatte nur vor, die Mauern der Bank und die Papiere eines zukünftigen nutzlosen Jobs zu verlassen.

Als er alles zusammen hatte, packte er es sorgfältig in einen großen Ledersack und schloss ihn in seinem Büro ein. Hamson war zersetzt und wütend auf Frank, der ihn massiv versenkt hatte, was sein großartiges Projekt zunichte machte, nicht nur die fehlenden ersten fünfzigtausend Dollar von seinem Konto zu retten, sondern einen anderen ähnlichen Betrag.

Jetzt konnte er sich nicht mehr auf Tricks verlassen. Er wurde belästigt und war kurz davor, entdeckt zu werden und musste die wenigen Stunden Freiheit, die ihm blieben, nutzen, um mit den armen Krümeln zu fliehen.

Er konnte sich nicht mehr auf die zehntausend Dollar verlassen, die er Powell so heimtückisch abgenommen hatte. Dieser Dämon Frank, den er vor seiner Flucht gerne losgeworden wäre, war schlauer als alle anderen gewesen, hatte seine finanzielle Situation erraten und sich nicht mehr darum gekümmert, was passierte, sondern was passieren könnte. Wenn Franks Verdacht weiterging, konnte ihm vielleicht sogar die Flucht nichts nützen.

Aber er musste es versuchen. Seine Situation war ehrlich gesagt besorgniserregend. Diese Frau aus Thedford hatte ihn schnell und quälend an den Rand des Abgrunds geführt, und am meisten bedauerte er, dass dieses Opfer ihm nicht einmal dazu dienen würde, sie zu retten, denn jetzt würde er gezwungen sein, sehr zu fliehen weit, um zu vermeiden, dass die Klauen des Gesetzes ihm eine unbestimmte Unterkunft boten, die der, die er bis dahin genossen hatte, sehr feindlich war.

Einen Moment lang beunruhigte ihn der Anblick seiner Tochter. Er konnte sie nicht mitnehmen, denn sie würde ein Hindernis und eine Gefahr sein; Er konnte ihr auch keine Rechenschaft über ihre Lage geben, die sich nicht mehr rechtfertigen ließ, als die Wahrheit zu enthüllen, der sie sich aus einer Spur von Bescheidenheit widersetzte und sie ohne Vermögen und nur mit ihrem Willen ihrem Willen überlassen musste diese kleine Farm, die weder sie noch sie retten konnte, wenn es darum ging, den Konkurs zu liquidieren.

Aber der Selbsterhaltungstrieb war stärker als jedes andere Gefühl. So oder so, ob fliehen oder bleiben, Sylvias Situation wäre dieselbe, und er würde andererseits nicht die Möglichkeit haben, sich selbst zu retten.

Das Schicksal hatte es so arrangiert und so musste er es akzeptieren, ob er es bereut oder nicht.

Als kein Geld mehr zu sammeln war, rezensierte er Bücher und Papiere und wählte die kompromittierendsten aus sowie den Nachweis von Girokonten. Er hinterließ nichts Wertvolles, aber es war das Gebäude, aber wenn sie mit ihrem Wert das Defizit anteilig tilgen wollten, würde er eine Spaltung hinterlassen, da niemand seine Hinterlegung rechtfertigen konnte.

Mitten am Nachmittag verließ er die Bank im Rücken und passte auf, dass er nicht gesehen wurde. Es war die Stunde, in der die Rancharbeiter in die Stadt strömten, und er wollte nicht von ihnen gesehen werden.

Glücklicherweise übersah die Rückseite der Bank eine wenig frequentierte Gasse, und wählte andere, die so einsam waren wie sie, erreichte den Stadtrand und ging zu ihrer Farm.

Dort angekommen, betrat er den Schuppen, in dem er seinen Buggy aufbewahrte, und versteckte die Lederjacke unter dem Sitz. Später sammelte er einige Gegenstände und Papiere in seinem Büro ein, die er dem Sheriff nicht in die Hände fallen wollte und ging ins Wohnzimmer, wo Sylvia in sehr dunklen Gedanken stickte.

Der Bankier trat mit großer Freude auf sie zu und sagte, nachdem er sie geküsst hatte:

„Hör zu, Sylvia, ich bin dabei, viel zu Ende zu bringen. Sie wissen, dass ich etwas über ihn angedeutet habe; Nun, ich werde Ihnen sagen, worum es geht, damit Sie sein Ausmaß erkennen und mir bei einem kleinen Bedarf helfen, der Ihre Mitarbeit erfordert. Kolossale Arbeiten werden bald beginnen, die Gewässer des Missouri zu nutzen und eine Bewässerungszone für das gesamte Tal zu schaffen, einen neuen Eisenbahnzweig, der die alte Stagecoachnlinie von Missouri verschwinden lässt, und ein Kraftwerk, das Flüssigkeit und Energie liefert. zur Region.

«Das Projekt ist toll, aber die Konkurrenten, die uns an der Hand schlagen wollen, stehen dahinter. Jemand hat vermutet, dass ich ein wichtiger Agent in dem

Projekt bin und überwacht mich, damit ich meines Wissens die großen Kapitalisten erreichen kann, die die Arbeiten finanzieren und genau heute muss ich hier weg, um das letzte und letzte Interview mit zu führen sie, aber ich vermute, dass jemand hinter mir her ist, um herauszufinden, wer es ist, und das Projekt zu ihrem Vorteil zu behindern.

„Deshalb brauche ich deine Hilfe, um zu marschieren und jeden, der mich ausspionieren will, in die Irre zu führen.

„Okay Papa, aber was kann ich tun?

"Ich werde es Ihnen sagen. Sie werden in dem Gig reiten, an dem Sie zwei gute Pferde anhängen werden, und wie auf einem Ausritt fahren Sie damit in den Wald, drei Meilen von hier entfernt, in der Nähe des Flusses wissen, wo es ist, weil wir an einigen Nachmittagen zusammen darin gegessen haben.

«Ziehen Sie noch ein Pferd vor sich an und wenn Sie im Wald sind, sperren Sie es auf, verstecken die Gig und kehren zu Pferd zurück. Wenn dich jemand ohne Gig gehen sieht und dann wieder zurück, sagst du, dass ein Rad kaputt ist und du mich suchst.

„Das ist ein sehr häufiger Unfall, den die Leute glauben werden. Wenn Sie zurückgekehrt sind, werden Sie und ich zu Pferd ausgehen, als ob wir die beschädigte Kutsche suchen würden. Wenn wir uns zusammen zu Pferd sehen, wird niemand ahnen, dass ich mit der Absicht auf eine Reise gehe, und sie werden sich keine Sorgen um uns machen.

«Wenn wir den Gig erreichen, gehe ich mit ihm und du kommst eine Weile später mit deinem und meinem Pferd zurück, dann, wenn dich jemand fragt, sagst du, dass ich den Gig arrangiert habe und sperrst dich in der Farm ein.

„Sehr gut, Dad; das werde ich, aber wohin gehst du? Du erzählst mir nie etwas.

„Diesmal erzähle ich es dir, Dummerchen. Ich gehe in den Rita-Park.

„Bist du lange weg?

„Nicht. Ich denke, ich werde am Montag als erstes hier sein, um die Bank zu öffnen. Keine Sorge und beeilen Sie sich.

Die junge Frau gehorchte, ging zum Schuppen hinunter, spannte die drei Pferde an und ging zum angegebenen Ort, bereit, die Anweisungen ihres Vaters buchstabengetreu auszuführen.

Frank, der, in seinem Observatorium überfallen, das Häuschen nicht aus den Augen verlor, sah Sylvia mit dem Buggy gehen, in dem er niemanden entdeckte, und fragte sich, wohin sie gehen würde. Aber da sie mit der Kutsche ins Dorf fuhr und sie manchmal mitnahm, um auf den Pferden zu reiten, war er nicht beunruhigt.

Nur der Drang, ihr entgegenzugehen, um sie zu begleiten, überwältigte ihn, aber seine Pflicht, Hamson zu bewachen, dem er immer mehr misstraute, hielt ihn davon ab.

Eine Dreiviertelstunde später entdeckte er einen Reiter, der zur Hütte zurückkehrte, und seine scharfen Augen erkannten Sylvia, was ihn beunruhigte, denn er kam ohne den Buggy zurück.

Ein unaufhaltsamer Impuls zwang ihn, sein Observatorium zu verlassen, und machte einen Umweg, um das Gefühl der Spionage einzugrenzen, und ging los, um Sylvia zu treffen.

Sie machte eine verärgerte Geste, bereute es aber schnell, senkte den Kopf und versuchte weiterzugehen.

Frank kam an seinem Pferd vorbei und fragte:

„Sylvia, wie geht es dir um diese Stunde allein hier? Es ist Nacht und …

„Ist es jemandes Konto? Ich war mit dem Buggy unterwegs, und ungefähr drei Kilometer von hier ist ein Rad kaputt gegangen. Ich suche meinen Vater, der mich begleitet, um es zu reparieren.

„Womit willst du ihn belästigen? Ein Bankier mit Bauch und polierten Händen kann sich solchen Pflichten nicht beugen. Ich kann...

„Danke. Es ist unser Konto und mein Vater hat nicht vergessen, dass er Rancher war, ob Sie es glauben oder nicht.

„Okay, ich sehe, Sie mögen keine Gefälligkeiten, um die Sie nicht bitten. Was die anderen angeht...

„Mir geht es genauso. Es tut mir leid, dass ich Sie darum gebeten habe, und ich entbinde Sie davon, sie zu erfüllen. Ich habe es nicht einmal meinem Vater erzählt, weil ich weiß, dass er es ablehnen würde.

„Okay, trotzdem werde ich es nicht tun. Das Wort eines Mannes ist Wort.

„Danke… Entschuldigung, aber ich habe es eilig.

Und das Pferd anspornend, trabte er auf das Cottage zu.

Frank war von dem Missgeschick nicht überrascht. Ein Rad ruckelt leicht, aber er war neugierig, ob Hamson persönlich kommen würde, um die Kutsche zu reparieren.

Als er Sylvia aus den Augen verlor, kehrte er in sein Versteck zurück. Er würde sehen, ob der Bankier mit seiner Tochter zusammen war, und dann auf Lang warten. Es war Nacht und der Sheriff musste ihn ersetzen.

Es dauerte nicht lange, um zu sehen, dass Sylvia ihm die Wahrheit gesagt hatte. Kurz darauf kreuzten sich die junge Frau und der Bankier, beide zu Pferde, in der sanften Abenddämmerung vor Franks scharfem Blick.

Bei dem Viehzüchter bemerkte er nichts Besonderes. Er trug eine Lederjacke und eine graue Hose mit hohen Stiefeln und trug einen Sack über dem Pferdehals, der Werkzeuge zum Putzen enthalten sollte.

Frank wollte sein Observatorium nicht verlassen. Ihnen zu folgen war sehr exponiert, denn der Weg war offen und nachdem man Sylvia schon gesehen hatte, wäre es verdächtig, sich wieder in ihren Augen zu zeigen.

Eine halbe Stunde später tauchte Lang auf, und Frank wurde klar, was passiert war.

"Vermuten Sie etwas, Frank?" Fragte der Sheriff.

"Nicht wirklich. Ich habe gesehen, wie sie mit dem Buggy rausgegangen ist und ohne ihn zurückgekommen ist. Jetzt sind die beiden zu Pferd gegangen. Ich glaube nicht, dass Hamson etwas mit seiner Tochter versuchen wird glaube nicht, dass wir lange brauchen werden, um es zu überprüfen.

„Nun, wenn du willst, kannst du gehen.

„Nicht. Ich werde warten, bis sie zurückkommen. Ich möchte dich nicht ohne diese Zusicherung allein lassen.

Das Warten war lang. Der Unfall musste schwerwiegend sein oder Hamsons Fähigkeiten sehr gering sein, und Frank wurde langsam ungeduldig mit einem leichten Zweifel.

„Wenn Sie eine Viertelstunde länger brauchen, werde ich versuchen, Sie zu finden, ich bin mir jetzt nicht sicher, ob das alles selbstverständlich ist.

Lang deutete an:

„Wenn Hamson den Verdacht hat, dass er beobachtet wird, ist er es möglicherweise nicht.

„Das weiß ich nicht genau, aber für alle Fälle lasse ich ihn keine Initiativen ergreifen. Er ist klug und ein verzweifelter Mann wie er muss auf alle Eventualitäten achten.

Zehn Minuten später erwischten sie den Trab von Pferden und versteckten sich im Wald, sagte Frank:

„Da kehren sie zurück, aber … mir scheint, dass sie ohne den Auftritt zurückkehren. Vielleicht mussten sie das Arrangement aufgeben.

Als sie im Licht des Mondes, der auf der Ebene klar und rund zu erscheinen begann, die beiden Pferde und nur Sylvia auf einem von ihnen entdeckten, fluchte Frank.

"Ray! Das riecht nicht gut für mich, Lang... Sie mit den beiden Pferden, Hamson kommt auch nicht zurück und der Buggy auch nicht. War es sinnvoll, die Flucht zu starten?"

„Du musst es herausfinden, Frank. Wenn wir nachlässig sind und ihn die Kluft erreichen lassen, können wir uns davon verabschieden, ihn zu erreichen.

Frank wartete nicht länger, warf sein Pferd über die Hecke und ging der jungen Frau entgegen.

Wütend stoppte sie den Trab des Pferdes und rief:

„Spionierst du mich aus, Frank? Es ist sehr verdächtig, dass ...

„Vermute, was du willst, für mich ist es dasselbe. Wo ist dein Vater?

„Das Gig reparieren.

" Wo?

„Was kümmert es dich? Irgendwo.

Frank schüttelte sie wütend am Arm und brüllte:

„Dumm! Du spielst das Spiel der größten Schurken, die er je in seinem Leben begangen hat, und er hat viele begangen. Du hilfst ihm, für immer vor dir und der Stadt zu fliehen.

"Lüge!" Sie brüllte empört. „Ich weiß, wohin es geht und wo es ist! Du bist ein Bösewicht.

„Und du ein Stumpfer. Dein Vater ist bankrott, er hat die Gelder der Bank veruntreut, er hat den Diebstahl einer Tasche mit fünfzigtausend Dollar vorgetäuscht, die er nicht darin deponiert hatte, wie wir zu seiner Zeit zeigen werden und wie er zur Rechenschaft gezogen wird für das Geld, das ist Es wurde von einer fröhlichen Frau aus Thedford gegessen, wie ich Ihnen auch zeigen werde, rennen Sie weg.

„Dein Vater ist ein Schurke, der nicht nur sich selbst ruiniert hat und er hat dich ruiniert, sondern er hat die ganze Stadt gestohlen und er und niemand außer ihm war derjenige, der die Bühne ausgeraubt und Jasper getötet hat, um den Sack mit Blei zu bergen, und vorgeben, der Inhalt sei gestohlen worden.

Sylvia konnte dem schrecklichen Schlag nicht widerstehen, den diese energischen Anschuldigungen ihr bedeuteten, und mit einem Schmerzensschrei beugte sie sich über den Hals des Pferdes und rollte sich auf dem Boden, wo sie leblos war.

Frank eilte ihm zu Hilfe, und Lang schrie wütend:

„Gut, dass du es geschafft hast! Du hast ihm einen Todesstoß versetzt und jetzt können wir nicht mehr wissen, wo die Kröte geblieben ist.

„Aber wir werden ihn finden, Lang. Wir werden ihn finden, auch wenn er selbst in die Hölle kommt. Ein Gig galoppiert nicht, was zwei Pferde wie unseres mögen. Hilf mir. Wir werden diesen Idioten auf seiner Farm zurücklassen und den Spuren dieses Schweins nachgehen. Er war sehr schlau, aber er hatte Frank Neil nicht.

Frank bestieg sein Pferd, und Lang hob Sylvias Leiche hoch und reichte sie ihr, um sie vor ihm abzulegen. Dann sprang er in den Sattel seines Sattels und übernahm die beiden Pferde, sie trotteten zu dem Häuschen, das nicht weit entfernt war.

Frank hämmerte an das Zauntor, und kurz darauf erschien der Gärtner. Frank rief, ohne abzusteigen:

„Bitte passen Sie auf die Dame auf. Er ist bei der Rückkehr ohnmächtig geworden und vom Pferd gefallen. Ich denke, es wird keine Frage der Pflege sein, aber es war praktisch, dass sie sie hinlegten und den Dorfarzt aufsuchten. Ich bin sicher, Sie werden es brauchen.

Er übergab die Leiche des Mädchens, ließ die beiden Pferde an der Tür verschlossen und sagte zu Lang:

" Gehen?

„Gut, aber warten Sie, bis ich zuerst bei den Büros vorbeischaue. Die Jagd kann lang und schwierig sein und wir sind nicht darauf vorbereitet. Es ist besser, eine Viertelstunde mehr zu verlieren, als später ganz aufgeben zu müssen.

In einem dämonischen Trab machten sie sich auf den Weg in die Stadt und hielten vor den Büros. Lang hinderte sich an Munition, einem weiteren Revolver und dem Gewehr, versorgte seinen Partner mit Geschossen und packte Konserven in einen Sack. Er nahm auch zwei Kantinen Wasser und zwei Decken mit.

„Komm schon, Frank", sagte er, „jetzt können wir zur Kluft galoppieren, ohne aus Mangel an Vorsichtsmaßnahmen anzuhalten.

Zufällig nahmen sie den Weg, den Sylvia zurückgebracht hatte. Sie wussten nicht, welchen Weg sie eingeschlagen hatten, aber ihr Instinkt warnte sie, dass der kürzeste und sicherste Weg für Hamson die Trennlinie war.

KAPITEL XI

DIE KATASTROPHE

Es war bereits Nacht und die Dunkelheit war kein guter Verbündeter, um die Fußabdrücke des Bankiers schnell ausfindig zu machen. Ein sanftes bläuliches Mondlicht erhellte schwach die Landschaft und sein Schein war zu schwach, um das Gelände erkennen zu können.

Sie mussten ein bisschen wahllos vertrauen. Im Augenblick war die Straße die des Nordens, aber niemand; er wusste, wohin er sich hätte wenden können, entweder zum Missouri oder zum Lupp, um jede Verfolgung abzuschütteln.

Das erste Hindernis, das sich ihnen präsentierte, war der kleine Wald, in dem Sylvia den Gig versteckte, um auf der Suche nach ihrem Vater zurückzukehren. Frank glaubte nicht, dass es in ihm verborgen war, wollte aber einen Blick darauf werfen, bevor er fortfuhr, und stoppte das Pferd und stieg ab.

Kurz nachdem er eingetreten war, entdeckte er zwischen den Bäumen etwas, das er für einen guten Hinweis hielt. Hamson hatte den kleinen Werkzeugsack, den er von der Farm mitgenommen hatte, zurückgelassen, um seine Abreise zu rechtfertigen.

Mit diesem Detail suchte der junge Mann aufmerksam den Boden ab und entdeckte bald die Spuren der Räder des Buggys, die sein Rollen in Richtung Westen markierten.

"Gehen Sie geradeaus!" sagte er zum Sheriff. Hamson muss auf dem allgemeinen Weg weitergehen " und er erzählte ihm, was er entdeckt hatte.

Als sie den Boden mähten, um den Weg zu erreichen, drang ein fernes Geklimper an ihre Ohren und von der Spitze, auf der sie gingen, entdeckten sie die weißen Lichter von zwei beweglichen Laternen.

"Da geht die Missouri-Bühne hin!" Lang warnte.

„Er hat die Stadt verlassen, als wir.

Der schwere Rumpf war vor ihnen und sie waren bald außer Sicht.

"Glaubst du, er wird es wagen, dem allgemeinen Weg zu folgen?" Fragte der Sheriff.

„Ich vermute nicht. Sie wollen nicht gesehen werden. Wenn Sie der gleichen Richtung folgen, werden Sie versuchen, es durch unauffällige Orte zu tun, und wir werden versuchen, einen ähnlichen Weg zu gehen.

Durch Wiesen und Felder, manchmal durch unwegsames Gelände, folgten sie voraus, ohne eine Spur zu entdecken. Obwohl sie stetig galoppierten, hatten sie den Flüchtigen nicht eingeholt.

Frank war nervös. Er befürchtete, sich verlaufen zu haben, und wusste, dass es ein Fehler war, Hamson die Möglichkeit zu geben, durch eine der beiden Divisionen zu filtern.

Sie waren ungefähr fünf Meilen zurück, als Lang auf eine Hecke zeigte und sagte:

„Ich sehe dort einen seltsamen Klumpen, Frank. Es ist etwas, das aus den Büschen herausragt.

Sie trieben auf ihn zu, und als sie näher kamen, schwor Frank einen Eid. Versteckt in der Hecke tauchte der verlassene Buggy auf. Die Pferde waren nicht da, aber die Kutsche.

"Es kann nicht sehr weit gegangen sein", versicherte der junge Mann. Diese Pferde sind nicht gut für lange Rennen.

Er suchte erneut das Gelände ab und fand mit seinem scharfen Blick Hufspuren, die auf die Straße zusteuerten.

„Komm schon", sagte er, „er muss versucht haben, auf die andere Seite zu gelangen. In Richtung Missouri.

Sie galoppierten weiter, aber bevor sie den Pfad erreichten, entdeckten sie ein einsames Pferd, das im Gras herumgraste.

"Das ist eines seiner Pferde", sagte Frank. Wo ist der andere?

»Zwischen ihren Beinen«, versicherte Lang. Er würde nicht zu Fuß gehen.

"Natürlich nicht, aber ... ich bin nicht überzeugt. Mit diesem Penco kommt er nicht einmal nach Seneca, wie viel mehr bis zur Grenze.

Plötzlich schlug er sich gegen die Stirn und brüllte:

„Galopp Lang! Wir müssen Der Stagecoach erreichen.

" Weil?

„Du vermutest es nicht? Hamson ist schlau. Er musste die Bühne verlassen, um damit zu fahren. Er wird ausrechnen, dass Der Stagecoach zwei Stunden nach der Kutsche gebraucht hat, während wir Zeit damit verschwenden, ihn in der Kutsche oder auf den Pferden zu suchen. Komm schon, Lang!

Und in vollem Galopp rannten sie den Weg hinunter, auf dem Weg in die nächste Stadt.

★ ★ ★

Franks Verdacht war nicht unbegründet. Hamson hatte alles auf die Minute genau kalkuliert und war sich sicher, dass dieses posthume und verzweifelte Unterfangen Erfolg hatte.

Auf der Straße, ausgeschildert, wartete er, bis das Fahrzeug vorbeifuhr, und ließ es anhalten.

Er behauptete, er habe eine dringende Benachrichtigung erhalten, nach Marsland zu fahren, und über Abkürzungen habe er es geschafft, das Fahrzeug ohne Zeit zu erreichen, um auf das Fahrzeug zu warten, das zwei Tage später die Stadt durchqueren würde.

Er stieg mit dem Bürgermeister auf die Kiste, dem er ein gutes Trinkgeld gab und ihm seine Geschichte erzählte. Er musste in der oben genannten Stadt einen bedeutenden und skalierten Betrag von dem, was in der vorherigen passiert war, hinterlegen, er wollte es persönlich bewachen.

Der Bürgermeister, der wenig wusste, was in Nirvay passiert war, ahnte nichts Außergewöhnliches und stimmte zu, dass der Bankier mit ihm auf der Büchse mitfahren durfte.

Hamson, von der Qual befreit, die ihn übermannte, legte den Sack zwischen seine Beine und vergewisserte sich, dass der Revolver leicht aus dem Halfter glitt.

Er war bereit, sich bis zum letzten Moment zu verteidigen, obwohl er fast sicher war, dass sein Manöver seine Feinde in die Irre führen würde und dass er weit von Nebraska entfernt sein würde, wenn sie seine Flucht verwirklichen wollten.

Gegen neun Uhr erreichten sie Seneca, wo das Pferdegespann gewechselt werden musste und die Reisenden eine Stunde Zeit hatten, in der Kantine der Casa de Postas zu speisen.

Hamson weigerte sich abzusteigen. Er hatte gegessen und hatte überhaupt keinen Appetit, und so blieb er, während der Aufseher und die Reisenden ausstiegen, um Kraft zu tanken, oben in der Kiste stehen, seinen Sack bewachend und auf den Rücken starrend, um nicht überrascht zu werden.

Die Stallknechte wechselten die Pferde und stellten das Fahrzeug zur Abfahrt bereit, und als seit ihrer Ankunft keine halbe Stunde verstrichen war, erlitt Hamson einen schrecklichen Start.

Er hörte den Galopp einiger Pferde, die auf dem zurückgelassenen Weg vorrückten, und drehte sich wütend um.

Bald darauf legte er einen schrecklichen Eid ab. Er hatte die Pferde erkannt und mit ihnen Lang und Frank.

Es bestand kein Zweifel mehr, dass er entdeckt worden war und wie ein in die Enge getriebener Bär schaute er überall hin.

Er hatte nur eine Chance zu fliehen, und er verachtete sie nicht. Er packte die Zügel der vier Zugpferde in Reichweite seiner Hände, und mit knallender Peitsche zwang er die Tiere, schnell loszufahren.

Das Gefährt rutschte wie eine Ausatmung fürchterlich taumelnd den staubigen Weg hinab, und das Gebrüll seines Marsches und das verrückte Klingeln der Glocken erschreckten den Aufseher, der, den Tisch verlassend, wie ein Wirbelwind zur Tür ging und rief:

„Die Pferde fliehen, sie fliehen!

In diesem Moment hielten Lang und Frank ihre verschwitzten Reittiere vor der Tür des Postamtes an, und Frank fragte den erschrockenen Vorarbeiter:

" Was ist los?

"Der Teufel, wer weiß ... Die Kutsche stand da, während wir zu Abend aßen und plötzlich ging es los ...

" Nur?

„Ja ... das heißt, nein ... Mr. Hamson von Nirvay war auf der Kiste ... er wird ...

Frank ließ ihn nicht ausreden; er trieb sein Pferd vorwärts und rief:

„Lang, Galopp, das gehört uns!

Und der Bürgermeister war noch überraschter, als sie der Stagecoach hinterher in einer Staubwolke verschwanden.

Es war in der Ferne verloren wie ein Gespenst im Staub, aber Frank und Lang vertrauten ihren Pferden und würden es sicher einholen.

Ein furchtbarer Kampf entbrannte zwischen dem Fahrzeug und den tapferen Reittieren. Hamson peitschte sie wahnsinnig gnadenlos aus und zwang sie zu Höchstleistungen, und von Zeit zu Zeit drehte er qualvoll den Kopf, als er mit Entsetzen bemerkte, dass er, anstatt den Wind aufzublasen, an Boden verlor.

Wütend vor Wut ließ er die Zügel fallen und zog seinen Revolver. Bevor er sich erwischen ließ, starb er mit Waffen in der Hand und versuchte, seine Feinde zu vertreiben.

Blind erschossen. Das Projektil pfiff an Lang und Frank vorbei, und Frank beeilte sich zu antworten und feuerte auf die Kutsche.

Hamson kümmerte sich nicht mehr darum, das Fahrzeug zu fahren. Mit seiner Brust auf der Kante des oberen Teils und mit herausgestrecktem Kopf feuerte er heftig auf beide Reiter und sie wiederholten seine Schüsse, die versuchten, ihn zu erreichen.

Das Auto ohne Richtung war wie ein zufällig rollender Meteor. Ein riesiges Schlagloch ließ ihn wackeln, als er den Bankier aus ihm herausschleudern wollte, aber er klammerte sich verzweifelt an die Spitze und schaffte es, das Gleichgewicht zu halten, aber er konnte nicht verhindern, dass der Ledersack mit dem Produkt seines Raubes hinausgeworfen wurde die Straße.

Wahnsinnig sah er hilflos zu, wie Lang innehielt, um es aufzuheben und sich dann bemühte, sich seinem Partner bei der Fortsetzung der tragischen Verfolgung anzuschließen.

Und so setzte das Fahrzeug in diesem verschlingenden Gelände sein fantastisches Rennen fort, jetzt durch unwegsames und gefährliches Gelände, und die beiden Fahrer, zäh und hartnäckig, folgten der Stagecoach, die bereit waren, ihre Pferde zu sprengen, anstatt die Jagd aufzugeben.

Plötzlich ereignete sich eine unerwartete Katastrophe. Der schwere Rumpf, der schneller flog, als den offenen Pfad am Rand einer Böschung hinunterzurollen, wich aus. Eines der Räder auf der linken Seite brach beim Stolpern über eine Klippe von der Achse und das Fahrzeug neigte sich zu dieser Seite, blieb einen Moment in einer instabilen Lage, bis es unter seinem eigenen Gewicht in der Leere versank und hinter sich herschleifte die Pferde und der verrückte Hamson.

Als Lang und Frank, wütend vor Überraschung, ihre Pferde zurückhalten und über die Klippe blicken konnten, hatten sie nichts zu tun. Die Kutsche lag mehr als zwanzig Meter hoch am Boden, völlig zerschmettert.

Die Sonne stand hoch genug, als Lang und Frank mit den Spuren des schrecklichen Tages im Gesicht Nirvay betraten und direkt auf Hamsons Anwesen zusteuerten.

Sie wollten Sylvia die schreckliche Nachricht überbringen, und Frank, von einer unaufhaltsamen Angst gepackt, war am Boden zerstört, als er über die Situation nachdachte, in der die junge Frau verblieb.

Dieser, blass und nervös, empfing sie, versuchte gelassen zu wirken und fragte zitternd:

„Darf ich wissen, was Sie in dieses Haus führt?

Frank, sichtlich gerührt, rief aus:

„Sylvia, es tut mir leid, schreckliche Neuigkeiten für dich zu haben, aber es hat keinen Sinn, sie vor dir zu verbergen. Dein Vater ist tot.

Sie stieß einen schrecklichen Schrei aus, klammerte sich an seine Jacke und stöhnte:

„Frank! Du ... du hast ihn getötet!

"Nein, Sylvia. Er hätte es nicht geschafft, nicht für ihn, aber für dich ... Seine Torheit, sein Ehrgeiz und sein Wahnsinn haben ihn getötet; hör zu und du wirst viele Dinge wissen, die du ignorierst.

Und er berichtete kurz und bündig über alles, ohne jedes Detail auszulassen.

Sie hörte ihm zwischen unendlich qualvollen Schluchzern zu, und als Frank die Geschichte beendet hatte, rief sie:

„Oh mein Gott, wie schade! Mein Vater ein...

„Hör zu, Sylvia", unterbrach Frank „wenn du willst, das muss niemand wissen. Wir können sagen, dass er bei einem Unfall gestorben ist. Während er auf der Post wartete, rannten die Pferde wild und warfen ihn über die Klippe. Lang ist bereit, diese Notlüge zu unterstützen ... für Sie und mich.

„Warum du, Frank? Mein Vater war dein Feind und er hat dir viel Schaden zugefügt. Jetzt merke ich es.

„Es ist wahr, aber er hat bereits für seine Fehler bezahlt und du hast nichts damit zu tun.

„Aber ich habe mit dir Unrecht getan, Frank. Ich wurde von seinen Worten und Ratschlägen beeinflusst und glaubte ... Mein Gott, ich werde mir nie vergeben!

„Aber ich vergebe dir, Sylvia. Ich muss, denn trotz allem ... liebe ich dich immer noch so oder vielleicht mehr. Ich bin nur in der Hoffnung gekommen, deine Liebe retten zu können und verzweifle immer noch nicht daran.

„Und Sie, könnten Sie sich der Tochter eines Betrügers anschließen?

„Was kümmert es mich, was er sein könnte, wenn du es nicht bist?

„Oh, Frank, du bist sehr gut, so sehr… so dass ich mich schäme, dich zu hören… ich… ich… habe dich geliebt, ich habe dich trotz Dennis immer noch geliebt… aber mein Vater…

„Vergiss das, Sylvia. Wenn es stimmt, dass du mich immer noch so liebst, kann alles repariert werden.

"Wie? Mein Vater hat das Geld der Bank verschwendet. Er ist bankrott und das kann man nicht verbergen ...

"Ich denke schon. Sylvia. Hier, in dieser Tasche, haben wir einen Teil dessen, was mitgenommen wurde, gerettet, ich habe gestern zehntausend Dollar von meinem Vater abgehoben, die ich haben kann, aber ich habe auch fünfzigtausend eigene, mit denen wir Ich kann mich der Situation stellen, die Bank öffnen, sich um das dringlichste kümmern und lernen, wie man ihren Betrieb neu organisiert. Ich bin bereit, wie ein Tier zu arbeiten, um das Geschäft zum Laufen zu bringen. Ich habe nie davon geträumt, eine Bank zu leiten, aber ich halte mich für geeignet für es.

"Aber...

„Nicht widersprechen. Du bist der einzige Erbe deines Vaters. Wenn wir heiraten, muss ich mich als Ihr Mann um die Geschäfte kümmern. Wir bringen Sie flott, stärken das Vertrauen der Nachbarn und freuen uns. Zeit ist ein Beruhigungsmittel gegen Schmerzen und ein guter Schwamm, um Fakten auszulöschen, die der Wind nach und nach wegnimmt. Haben Sie etwas zu beanstanden?

„Nichts, Frank, außer dass ich mich dieser Zuneigung und dieses Opfers, das du für mich versuchst, für unwürdig halte. Ich war eine leichtfertige Frau, die mich von der Fata Morgana der Größe und des Prunks verführen ließ, und jetzt stellt mir die Realität die schreckliche Wahrheit vor die Augen.

„Gut, aber das kann man auch löschen. Vergiss, dass du auf eine solche Schule gegangen bist und schau zurück auf die glücklichen Tage, als du die Tochter eines Ranchers warst und ich ein Peon auf deiner Ranch war. Also kehren wir zu unserem Leben zurück, das unseres ist, der wahre Westen, der Rest kann wie ein Traum zurückgelassen werden.

Sie warf sich in seine Arme und schluchzte:

„Danke Frank, ich möchte, dass es so ist. Möge das als schrecklicher Traum vergessen werden und möge dieses Glück, das du mir bringst und das ich meiner Meinung nach nicht verdient habe, kein Traum sein.

ENDE